FLOWERS OF HAPPINESS

幸福的花子

孙全鹏 著

文心出版社
·郑州·

图书在版编目（CIP）数据

幸福的花子 / 孙全鹏著 . —郑州 : 文心出版社，2024.8
ISBN 978-7-5510-3045-8

Ⅰ. I247.7

中国国家版本馆 CIP 数据核字第 2024B6A381 号

出 版 社：文心出版社
地　　址：河南自贸试验区郑州片区（郑东）祥盛街 27 号
　　　　　邮编：450016
发行单位：河南省新华书店
承印单位：郑州印之星印务有限公司
开　　本：890 毫米 ×1240 毫米　1/32
印　　张：8.5
字　　数：168 千字
版　　次：2024 年 8 月第 1 版
印　　次：2024 年 9 月第 1 次印刷
书　　号：ISBN 978-7-5510-3045-8
定　　价：52.00 元

如发现印、装质量问题，请与印刷厂联系。
电话：0371-86180081

序一

讲好生动的中国故事

张 平

前不久，在我的长篇小说《换届》新书分享活动会上，遇到了我山西师范大学的校友孙全鹏。我是1978级学生，他2008年在山西师大读研。尽管年龄相差悬殊，但我们一见如故，成了地地道道的忘年交。忘年交的成因之一，就是全鹏也执着于小说创作。我大致了解了一下他的创作经历，原来他的"创龄"并不小，大学期间就开始创作并发表作品。这些年，他一直在努力塑造自己的文学世界——"将军寺村"，就像诺奖获得者福克纳一样，在这个"村"里不断地开拓和发掘，创作并发表了系列中短篇小说，并出版了长篇小说，已然成为新一代乡土作家中的中坚力量。

这部中短篇小说集《幸福的花子》应该是全鹏的第三部书，里面所收集的都是公开发表过的中短篇小说。这部书讲述的是豫东的新时代故事，沉淀着他对"将军寺村"故土深沉的情愫和热爱，并有对时代和社会的纵深思考。现实主义创作和乡土叙事是个永远不老的文学命题，体现着作家对民生，对社会，对政治，对经济的强烈关注，并对之负有神圣职责。而倾情生于斯、长于斯的故土，则几乎是所有作家受益一生的生命体验和创作资源。无论是对底层人物的忧思，还是对当代知识分子的剖析，抑或是对城乡异化的深切表达，都是在试图还原当代生活中社会阶层和复杂人性的本真形态。

《幸福的花子》内容丰富，容量很大，"将军寺村"这个独特的文学地标，是全鹏很好的写作态势和一个个爆破点。小说视角新奇，构思巧妙，洞察敏锐，呈现出斑斓多彩的心灵之美和风俗之美。《放生》讲述的是如何自我救赎，《婚事》直面当代结婚难的困境，《你就这命》描述了游子眷恋故土的"黄土情结"……这些作品无一不令读者深思，进而受到启迪。

全鹏的写作具有典型的时代特征，展现了广阔的社会图景，这是他在写作上不断尝试和探索的结果。他的文学世界似乎正在一步步呈现，这种地域的独特性表达也许是他走向成熟的标志。对于一个年轻的作家来说，这很难得，也值得肯定。

中短篇写作也是考量一个作家写作水平的重要砝码。从全鹏的这部小说集来看，故事的情节表达极具张力，状物抒情也富有诗意，既有对现实的强烈批判，也有时代认知的自觉和清醒，更有激励人心的振奋和力量。翻开这部集子，我们可以看到父亲的"别有用心"（《泥泥狗》）、强强追求的失败（《晃蛋》）、《放生》的自我救赎……这些人物具有鲜明的时代印记，显示了很强的文学冲击力，呈现着全鹏在中短篇小说创作上的独特风格和魅力。

阅读全鹏的小说，一股浓郁的泥土气息立刻会扑面而来，这些文字、这些故事和这些人物，与读者没有情感的隔膜，也没有时空的距离，豫东特色的文化空间很容易引发读者的情感共鸣，从这个意义上看，"将军寺村"的时代叙事也应是中国叙事的一个缩影。《这出戏不好唱》对社会现实的隐喻表达，《手机》里拆迁对教育的掣肘和排斥，《味道》里的人性回归与《三人行》中农村老年人的孤独都指向当代社会的重大隐忧和矛盾，赋予作品一种深刻的忧患意识。包括这种写作的批判意识和责任意识，既是现实题材的独特魅力之一，也同样是讲述中国故事的生动性和丰富性所在。

孙全鹏还很年轻，前面的路还很长，一个前途可期的作家，应以自己的创作在新时代乡土书写中留下浓墨重彩的一笔。无论是长篇还是中短篇创作，都应展现出独特的文学理念和创作追求。全鹏的小说创作已经取得不俗的成绩。在今后的创作中，相信他会给我们带来更多的惊喜和期待，希望他的文学之路越走越稳健，越走越宽广。

真心希望有更多的读者喜欢这本书。

（张平，当代著名作家，茅盾文学奖获得者。历任中国作协副主席、中国文联副主席）

序二

"将军寺河的水哗哗地流着"
——也谈孙全鹏的"诗心"
刘阶耳

迄今为止,孙全鹏已出版短篇小说集、长篇小说各一部,它们分别是《幸福的日子》《幸福的种子》,由作家出版社、百花文艺出版社于2020年、2023年相继推出。而前者有幸辑入"21世纪文学之星丛书"(2019卷),表明作为1985年生人的他"问道"文学着实"实力"不俗。现在,他又打算将近年来创作的短篇小说结集为《幸福的花子》出版,闻讯我自然欣喜,毕竟他的"幸福"三部曲终于齐全。

一

读《渔夫老瓦》(2019),禁不住联想到辑入《幸福的日子》中孙全鹏的另外两篇文本。明明"俺奶成为俺们将军寺村唯——个靠捕鱼养活一家人的女人",《鸡笼子》偏偏侧重叙写女主人养鸡和编鸡笼子的辛酸往事。无独有偶,"将军寺村有河,河水不少,有水就有鱼,所以捕鱼的人家特别多,但说起种西瓜的,就三妹一家",《三妹》挑选女主,犹如"画蛇添足"的"开场白",岂非咄咄怪事?

"不过选材要严,开掘要深,不可将一点琐屑的没有意思的事故,便填成一篇,以创作丰富自乐。"(鲁迅《关于小说题材的通信》)孙全鹏深谙此道,他正是因为"深"和"严"而行事谨慎。

"养鸡"如果不是散养,而是规模化经营,自然比"捕鱼"更具有优势。与小说集同名的文本《幸福的日子》,就曾道明规模化经营的甘苦。而"捕鱼"如果也能成为乡村经济发展的亮点,则须结合"休闲",打造"文旅",这有赖于更大的"资本"注入。新一届获"茅奖"的作品《宝水》就是这样描述乡村振兴的,兹不赘述。孙全鹏曾为"养鸡"还是"捕鱼"的乡村风物临事踌躇,应该说是事出有因。谁经营,谁受益。非"休闲"却"捕鱼",自然被严厉禁止。老瓦虽是出于邻里情谊,偷偷摸摸干起老行当,但"以身犯禁"、身陷囹圄,情何以堪?《渔夫老瓦》对乡村发展现状的如实关注,意味着"俺奶""三妹"诉诸乡村记忆的那种叙事"手段"得到有效"调整",否则乡土叙事谈不上与时俱进。

在中国乡村"城镇化"全面推进的当下,人类早已告别了"渔猎时代"的生活方式,这种生活方式虽然于风俗遗存里可以窥知,但把这种"知识考古学"推崇为精神"原乡"炫彩的保留剧目,则未免夸张。《渔夫老瓦》瞻前顾后,意欲突破,自然意味悠扬,激励深远。他要告别"幸福的日子",他要播撒"幸福的种子",他要用"逸轨的笔致"畅快地为其"幸福的花子"另铸伟辞。

《渔夫老瓦》之后,孙全鹏相继创作了《这出戏不好唱》(2020)、《消失的闺女》(2021)、《婚事》(2021)、《味道》(2022)、《放生》(2022)、《你就这命》(2022)等,以"写实性"架构反映父老乡亲承受的日常变故。曾经的混混儿不受乡亲们待见,消失15年后,忽然衣锦还乡,想搭台唱戏,让乡亲们分享他因儿子考上研究生的喜悦,但却遭到乡亲们的抵制,无人为其喝彩。《这出戏不好唱》涉及个体的"名分"与"尊严"如何自然地与现实对接,立意巧妙。但是,曾经的混混儿已然飞黄腾达,乡亲们不知情,也未及探究,仍以旧眼光待之,他四处碰壁,结果又惶惶然离开。无论是作为"示众的材料"的可笑,还是对"几乎无事"的日常颓废予以有力回击,抑或是孙全鹏用男主"限制视角"腾挪叙事暴露出的意指困惑,"名分"与民间朴素的、有关道义诉求的公正性潜在交锋、对峙,呈现一幕"世态炎凉"的闹剧。从鲁迅的《阿Q正传》到余华的《活着》,关注乡村"浪荡子"性格、命运的叙事如何得到进一步提升,显然亟待破局。

《你就这命》改变了叙事人称,另发绮思,可拿来对比。——具体而论,《你就这命》一方面把自我的身世渲染得非常可怜,另一方面,把平凡人生打造得成功、显赫,以致在过往积怨、现实颓废下,人性的粗糙和经年喧嚣的"成长"反倒达成一种和谐。相比之下,《消失的闺女》《婚事》乃至《放生》,围绕着各式"创伤""缺憾""愧疚",锁定相应的"悬念",然后贴着"人物"当下的焦虑,在有序的日常化场景中,妥善安置"戏剧性"挟裹的、或简或繁的、或深或浅的、鸡零狗碎式的经验表象,由鲜活、生动的"细节"严格把控"人物"或"情节"幽微的叙事,这足见孙全鹏在"写实"上的付出,而其佼佼者,则非《味道》莫属。

简要地讲,《味道》类似一篇精神"出轨"的世情小说。它与孙全鹏过去创作的《再相逢》在"写实"的严谨性上同样令人称道。姑举一例。

二十年前的同窗,犹如《红与黑》中的于连、《人生》中的高加林的形象的合体,典型的精致的利己主义者,蛰居将军寺村多年。"我"遵亡妻临终所托,一年后终于成行,前去看望。进村前,"我"先在当年垂柳依稀所在之处(这是小说里极关键的"细节")点了三根烟。进村后,"我散出去五根烟,问了五个上了年纪的人"("散"或"问"的语序,请注意),然后是尴尬相认。被看望者自然要款待,"饭做好了,四菜一汤……"每道菜及那份鸡蛋汤,都被"我"一一品尝,有适合"我"口味的,有适合亡妻口味的。当年三人感情上的纠葛,渐渐清晰。"我"的亡妻,是被探访者的初恋,毕业前夕,遭弃。被探访者攀上家庭背景显赫的另一位女同窗,不过他后来事业虽发达,婚姻却不顺。最终,他选择在将军寺村孤独终老，因为这儿承载着当年恋情的苦涩回忆……"我"终于离开，又在进村前"点烟"的河边，掏出一张照片默默撕碎。一年前，"我们"在前往将军寺村时遭遇车祸，妻子临终交给"我"的那张她年轻时的照片，无非是想让一蹶不振的被探访者振作起来……八根烟，四道菜，一张照片，平平淡淡的几个数字连到一起，使得"明""暗"交织的两条"情节线"不断推动故事情节向前发展，友情与爱情、忠诚与背叛、救赎与无望……孙全鹏如何在"写实"的至爱体验上留下后手，还有待潜心接应。

《味道》接续上了，且进一步发力。内容详情不必细说。在感情的旋涡中，不乏"痴男怨女"的人设带动人性隐隐交锋，但主观意识的蠢蠢欲动，限制在女主（杨月）被丈夫（明强）长期无视的前提下。石头经常往家里的小卖部送货，他的精致、诚信、不惜力气、待人体贴，让女主心有所动，但"故事"却就此刹住了，否则，就是一个"干柴烈火"的艳情通俗剧。文章的后半部分，精彩之处在于以下三点：一是男主经常偷腥，却容不得妻子出轨，他觉察到妻子有出轨苗头，便果断地更换了送货人，并且更换得很频繁。或许是他的防范措施达到了效果，他反而"乖巧"起来，对女主渐渐体贴起来。二是女主当然会对石头的突然消失起疑心，尽管此前微微动情不乏本能的冲动，但她很快克制住了，囿于"超我"或"现实原则"，她要顾及"脸面"。文章先后两次提到她的儿子（一次是儿子在她身边酣睡；一次是儿子到了上学季，要升初中），这看似是"闲笔"，却不可或缺。稳定的家庭结构，和谐的伦理秩序，对塑造个体的"人设"至关重要。当丈夫对她示好后，她禁不住"嫉妒"起与石头"定亲"的对象。她"嫌弃"对方的寡妇"身份"，未免有些自作多情。她有着阿Q式的"优胜"意识，貌似争风吃醋，实际上是顾盼自雄。简言之，她不仅对自己的"颜值"充满自信，而且她的"尊严""人设"业已融入自由意志。三是石头给别人开车送货，对象的身份被世俗所不屑（女主的想法和行为恰恰代表了这样的偏见），这表明石头的生活层次和男主（明强）有着不小的距离，但石头自重自尊，很善良，面对他人的偏见，他似一股清流，坚守着心中的净土。

《味道》确实隽永，表明孙全鹏在2020—2022年间的叙事水平再呈新气象。识见上不浮夸，再琐屑的叙事也审慎地调度，荦荦大端，概莫能外！

二

2023年，孙全鹏一年的作品发表量（8篇）超出了前几年的总和，它们是《神枪手》《三老太的大榆树》《三人行》《晃蛋》《采耳》《手机》《幸福的花子》《泥泥狗》等，再加上2024年创作的《最后一只卤鸡》《父亲的双头鸡》《半夜来》，孙全鹏多点齐发的写作阵势可谓盛举。如此疯狂的投入与产出，与他先前因"养鸡"还是"捕鱼"而产生的踌躇、返乡者尴尬的遭际以及人生打拼或得或失的甘苦,显然分不开。

"三人行,必有我师焉。"孙全鹏以"三人行"为题的同名文本,或有深意寄焉!"我"时常回乡下陪伴双亲,与个性迥异的三位老者交集颇多,他们的桑榆晚景令人唏嘘。取此角度解读孙全鹏的《三人行》,可以从不同的叙事角度来审视人物、情节。重"人物",自然会唤起记忆中史传文学传统的编撰体式,强为之名,"人物志"倒也相适宜;重"情节",说它似散文的结构,也不错,毕竟当年废名、汪曾祺有鉴于"小说太像小说"之流弊,故力求在小说戏剧化原则之外另辟蹊径。不消说,所谓的"散文化",不过是为了抵消"戏剧化"原则所使用的手段。然而,"橘生淮南则为橘,生于淮北则为枳",当"乡土风俗小说"蔚然成风,所谓的"日常化叙述"尽管足以兼容"人物志""散文化"的特定含义,但叙事为此开掘的文体"边界"反倒模糊了,近年来"非虚构"很流行,这是不是对"虚构"面临的窘境的应对之举,则更耐人寻味了。孙全鹏力主"写实",免不了与此强势"背景"相周旋、受感染、作防范,再"首鼠两端"也无须讶异,不拘成见,博采众长,方才有所为!

三位老者中,德行近于乡村混混儿者有之,但孙全鹏待之平和了许多。假如孙全鹏再将此类"角色"单独塑像,如《神枪手》《晃蛋》《采耳》的男主一般,被刑拘,被报复,则未免落于俗套,所以他转变叙述视角,集中笔力描写平凡小人物身上体现的人性的劣势和优势,这是一种怜悯。《采耳》中,在正义之光未照到的角落,"以暴抗暴"的"谋杀"结局就会公开被展览,这是另一种无奈。

《手机》中的学生家长"生而散养,养而不教",德行有亏更严重,"情节"的架构让"作者的声音"与"人物的声音"相互抗辩,思想性逐渐显露。

承上所述,三老太(《三老太的大榆树》)弥留之际的牵挂,父亲(《父亲的双头鸡》)守住初心、信念的人生坚守,以及叔叔(《最后一只卤鸡》)在异地打拼的坚忍,乃至二叔(《泥泥狗》)对过往背叛行径的痛苦忏悔,甚至阴阳相隔的情侣(《幸福的花子》)在浪漫、幻化的异域祉猷并茂……无论人世如何无常,幸福有多渺茫,孙全鹏都会从踔厉前行的父老乡亲的"德行"上发现人性的亮点。这些乡亲们,无论是从将军寺村走出去的,还是选择留在将军寺村孤独终老的,他们所坚守的孙全鹏的精神"原乡",又非得借外来者的视角,表现得似桃花源一般,也表明孙全鹏为之修复的本土想象,如悲苦时节的浩歌那样,就遗失的图景安顿他不羁的"诗心"。或美或丑的对立两级,经过不同的叙事方式,且反复摔打、重装,雅俗并呈,在全知视角和限制视角中来回切换,虽非逸兴遄飞,却也怀瑾抱朴。

同样是事亲尽孝,《半夜来》将老太太半夜里与想象中的已经去世的老伴喁喁私语的场面描绘得细腻感人，直逼爱之至深处而无从排遣的那份孤独。其难言之痛，未必不是孙全鹏在精神"原乡"时时咀嚼的感受。

三

然而我意犹未尽。

当孙全鹏在2019年毫无预兆地就"捕鱼"的营生经略叙事时，这是否与他恰好荣获"21世纪文学之星"的称号有关呢？孙全鹏后续的叙事都在为将军寺河增添"诗化"的一笔，如《婚事》（2021）、《你就这命》（2022）、《放生》（2022）、《味道》（2022）、《神枪手》（2023）、《三老太的大榆树》（2023）、《晃蛋》（2023）、《采耳》（2023）、《幸福的花子》（2023）、《父亲的双头鸡》（2024）等。在《渔夫老瓦》中，将军寺河呈现如下清朗秀美的"意境"：

将军寺河的水哗哗地流着，半轮月亮和孤星漂浮在河水中，随着水波荡来晃去，月亮的影子散开又很快汇聚在一起，依旧是半轮月，不远处的水面上浮起了一团团水雾。

这不是一时心血来潮的涂鸦！《鸡笼子》《三妹》曾经"虚晃一枪"地将将军寺河撇到一边，《再相逢》"明""暗"双线的叙事策略，诚如前述，恰恰受益于"将军寺河"与"将军寺村"相互依存的"空间"布局，孙全鹏精神"原乡"的地理坐标画龙点睛地、从容地呈现出来，难道不正是他在事关"养鸡"或"捕鱼"的叙事选材上踌躇的结果吗?

辑入《幸福的日子》的文本,可互文比照的不止一处。像《鸡笼子》《三妹》循"异故事叙述"而来,《洋葱没有心吗》从"梦魇"少年成长的"视角"恍恍惚惚扩散开的"魔幻现实",无望诉说爱欲纠缠下的人情世道。《李小花》呢?"视角"扭转了,可涉及男女情事的"情节核"与《三妹》有一拼,不过,"故事"的发生地都在"将军寺村",但是《李小花》中的叙事人"我",在异地遇到同乡时反应极生疏,与不惜引入"外来者"之眼重新打量将军寺村的《再相逢》相比,难道不是刻意、巧妙为之?

《洋葱没有心吗》中的老者日复一日地剥洋葱的举动,与《李小花》中的女主精心地为心上人织毛衣的行为,从相异的"视角"来看,叙事主旨自然相去甚远:前者神往于"一种神秘的气息","魔幻"的法力或定力在爱欲的"滔天巨浪"中被打回原形;后者由严谨的"写实"架构,反转出加缪《局外人》式的"荒诞"寓意,耽于爱欲,想当然,近乎施舍,虽大度,但绝对不被理解,而且还被彻底质疑,所以"荒诞"与日常"诗意"毫不唐突地挂靠,消弭意志,倒是令人始料未及的。

相比之下,《鼠人》追求卡夫卡《变形记》"表现主义"风味的操切、峻急,可其"非人"的异化体验接近《狂人日记》"受迫害"的压制"视角",以致连男主也视自身犹如"老鼠"

的同类,"庄子梦蝶"那样飘渺地从世间蒸发,为救赎留下一地鸡毛。现代或后现代的多样风格的"养料"浇灌,"俯则未察,仰以殊观"(曹植《洛神赋》),无不令孙全鹏出离现实却未果,"于是精移神骇,忽焉思散"(同前)。

四

"从福楼拜开始,便有了当代写作的两大脉络:风格至上的美学主义,或者说'无所事事'的书;另一脉则推崇沉默的细节,或者说完全由一连串细节构成的书,强调冷眼旁观,实事求是。"(詹姆斯·伍德《臧否福楼拜》)如果前述的《洋葱没有心吗》《李小花》《鼠人》属于"风格至上",那《长长的秋风》《叔叔不见了》《方便面》则当属于"推崇沉默的细节"了。

不消说《长长的秋风》《叔叔不见了》中的男主均不"安分",出入城乡,人生颠踬,摆脱不了现代"浪荡子"的文化宿疾,所以结局都很意外,或是跪在"亡妻"的孤坟之前,为当年负情出走而谢罪、忏悔,或是蜷卧于河边,妄想就近挖掘一个地洞与爱人依偎至老。"青青河畔草,绵绵思远道。"《长长的秋风》《叔叔不见了》汲汲顾影、戚戚靡骋的叙事,不约而同地看好"将军寺河"这块尚能接纳、收容出入将军寺村的身心俱疲的失乡者场地,与前举的三篇文章对待该地理位置的态度相反。尽管这固然是"人物""情节"灵活,机动的叙事需要使然，而"将军寺"这个名称指代的场域，无论是择地而居的生活聚落，还是承载该栖居地的一方生态，都是"乡土中国"概念中的诗意家园、精神"原乡"的根基。

"我们将军寺村说不上大也说不上小，但能讲得出口，拿得出手的就是这条将军寺河了。将军寺河像银色的鞋带子把村子绕了一圈，我有时候做梦都梦见有一条银线绑着我呼呼啦啦往天上飞，一直飞到一个巨大的时空，当我醒来时却又发现躺在床上，还是老样子。"姑且不谈《洋葱没有心吗》的叙事开端笔调弘肆、句式繁复、文采飞扬，单是一个华丽的"比喻"，就轻巧地将成长记忆牢牢攥住。

"立善常所欣，谁当为汝誉？甚念伤吾生，正宜委运去。纵浪大化中，不喜亦不惧。"陶渊明《形影神三首》中的这几句，较之《洋葱没有心吗》中那位少年多重魂兮归来的"魔幻"体验，俨然"互文"，尤其是"纵浪大化"、波涛翻卷的意识幻化的多样性叠影与"将军寺河"雄肆的排宕，使得孙全鹏显示出罕见的感情渲叙手段，但类似的手笔却在《鼠人》荡然无存。

"就在白天，当太阳直照在将军寺河上，我经过河边的一片小树林时，一只猫朝我冲了过来，直接挡住了我的去路……"这句话出自《鼠人》，这是男主长夜辗转难眠时的"梦游"经历的开端；而当下完全取自"职场"的、与"环境"对立的遭际，以及所在"学校"和"将军寺村"的牵绊，其实也宣告了将军寺村犹如挥之不去的阴影,令男主觳觫不已。职是之故,当曾经的爱情弃他而去时,男主试图挽回,"将军寺河里的水像一个平镜,明光光的",迷离的过往,不过是"望帝春心托杜鹃"的辛酸梦境的遗存:"望着河边飞来飞去的小鸟,听着静静流淌的河水,远方开始在脚下变得悠长。""鼠人"于此彻底隐身,男主的"结局"不啻于前述"纵浪大化"之流。

换言之,将军寺河若常见的一面"镜子"那样躺着,极"平静",一改它令孙全鹏耽溺的声浪滔天的气象,这恰恰意味着将军寺河统摄着孙全鹏的精神"原乡",形质于内,却也危机四伏,实难控驭。也就是说,乡村赋予的生存场域与文明生态间的"时空脱嵌",寄托着"失乡者"的憧憬。孙全鹏辗转于现代、后现代多种调式的叙事"风格",每每返回其精神"原乡",就不胜唏嘘,不禁作鲁迅式的"呐喊"。

"青山遮不住,毕竟东流去。"(辛弃疾《菩萨蛮·书江西造口壁》)

孙全鹏的《方便面》用舍行藏,韬晦待时,乌乌待哺,抑或正是他迄今为止精神"原乡"隐衷的剖白。

《方便面》的故事情节很简单。小豆子曾留守乡村,自奶奶在收豆子的季节遽然辞世后,他回到了略感陌生的在外地打工的父母身边。即便如此,他依然感受不到亲情,过得还不如在乡下与奶奶相依为伴时的那段时光。以前他得病时,奶奶会给他煮"方便面"表示安慰和心疼,可现在呢?他得亲力亲为,学着去撕"方便面"袋子,可把方便面含在嘴里,那味道全然不似熟悉的味道,他禁不住想起了奶奶……潇潇雨歇之际,小豆子被父亲从村里接走,他曾不止一次想过奶奶"不在"后他的去留,他的确不敢独自面对成长的星空,他躺在将军寺河边,"没完没了的话随将军寺河的流水哗哗地响,就像将军寺河的水一样肆意流动"。

奶奶宛在,实际上却是阴阳相隔;离乡者的成长殷忧,并未因"团聚"而得到补偿。这个穿插进文章中的往事片段,激荡着多少难言之痛啊!成长的个体亟待情感关怀是不争的事实,但父母囿于生存压力,在异地打拼,对他无暇呵护,致使其感情缺失,这也是现代留守儿童的写照。

然而《方便面》"沉默蕴藉"的风暴,"就像将军寺河的水一样肆意流动"。毋庸置喙!不只是奶奶、故乡弃他而去,就是至亲,即便团聚,也只不过顶了个名分,走了个过场,这意味着以"血脉"为纽带的家庭伦理结构随着"城镇化"的全面推进必然重组。所以,一个与故乡渐行渐远的留守儿童,在被"异乡"重新接纳之际,成长期待未必如愿,那与奶奶相依为伴的甜蜜时光陡然插入主要叙事线索,是对当下维系亲情的因素的反讽。

亲情喑哑,唯有无语接应。失乡者所面临的失语困局,是对中国乡村"城镇化"全面推进的当下的严肃质询;哪怕止步不前，徘倚彷徨，对于耽于精神"原乡"的孙全鹏而言，为"将军寺河的水哗哗地流着"一而再地流眄顾盼，挹彼注兹，这是何其孤勇啊！

"纵浪大化中，不喜也不惧。"孙全鹏意犹未尽的"诗心"，全然如斯，难道不是这样？

是为序！

2024 年 3 月 29 日

（刘阶耳，著名评论家，山西师范大学教授，硕士研究生导师）

目录
CONTENTS

故乡人

你就这命 /3

最后一只卤鸡 /40

三人行 /58

晃蛋 /77

故乡事

味道 /95

手机 /113

放生 /130

婚事 /148

故乡情

幸福的花子 /167

父亲的双头鸡 /181

这出戏不好唱 /196

泥泥狗 /212

半夜来 /231

故乡人

你就这命

一

我不怎么聪明。村里人经常说我是个傻子。

这是将军寺村的人说的,但我感觉我不像傻子,更不是傻子。我怎么会是傻子呢?我有胳膊有腿儿,能吃能喝,会蹦会跳。我不辩驳,辩驳是没用的,根本就没有人听我辩驳。我一辩驳,村里人更欢了,连说带笑,还指着我的鼻子笑。所以我不辩驳,没用,一点儿用也没有。沉默是最好的反击,我不说话,他们也就闭嘴了,该干啥就干啥了。我心里恨他们,恨他们这样取笑我。每到这时,我就想回家,家还是温暖的。脚下的路响起了嚓嚓声,我能听到,这声音比将军寺河的水都响。

亲戚们不说我是傻子,但担心我不会说话,将来可能是个哑巴。有一次，村西头的三爷来看爷爷，一见面就家长里短地扯个没完。两人小声谈起了家务事，三爷说着说着就说起了我："这孩子该不会是个哑巴吧？以后真傻了咋办？"

爷爷抽着烟，好久才说："他就这命。"

三爷和爷爷肯定以为我听不见，其实我能听见，还听得很清。当时我就在堂屋西间，房子是用秫秸做的箔，隔出三间，我住西间，爷爷住东间，中间是堂屋。我不喜欢跟人到外面玩儿，人家经常取笑我，所以我经常一个人憋在西间里。当时我想跑过去告诉爷爷我不是哑巴，可就是说不出话来，也就没动。

三爷还说："早知道把这孩子送人了，看样子长大要打光棍，三妮可惜了。"三妮是我姐，一天夜里不见了，是被人抱走的，直到现在也没回家，我很想她。

爷爷还是那句话："她就这命。"

我想哭。我知道我在爷爷心中的地位。我恨自己，恨自己现在五六岁了还不会说话。无论是谁，都会认为我是傻子，跟他们不一样。我笨，是个大笨蛋。

三爷走时爷爷送老远，我听见爷爷还说："孩子上学的事你得上心。"

三爷说："上了学有啥用，不也是个残废？"

爷爷说："有用！咋没用？"

三爷一走，爷爷就把他带来的好吃的东西给我吃，瓜子和糖，还有一盒果子。我不吃，连瞅都不瞅一眼，和他赌气。

爷爷愣住了，不知道我生的哪门子气："小兔崽子，不吃就不吃！气性还怪大！"爷爷把瓜子一把撒向了外面正在找食吃的老母鸡，老母鸡扑棱棱地过来抢。我噙着泪，看老母鸡一下又一下地啄。其实，我可想吃瓜子了。

爷爷不搭理我，开始在家里忙活，我从来没见他闲着。家里有什么东西呢？只不过是一个破院子，院墙还没人高，东边是用泥垛的两间房，一间是厨屋，一间用来盛放杂物。堂屋里面没有像样的家具，一张大方桌，一张小方桌，几把破木椅子。这是家，他的家，真正的家。他把小方桌放进大方桌的肚子里，几个破木板凳也摆整齐，大的在下面，小的在上面，面对面。他拿着笤帚扫地，地上的土扫了一层又一层，本来地上也没有啥脏东西。

没过几天，三爷就送信儿过来了：孩子得提前准备准备，先过先生那一关，先生也就是老师。爷爷也做了准备，让大姐教我，大姐嗤嗤地笑："这个傻子能学会？"爷爷吵她："就你精！"

"蛋儿，你给我说数，这有几个？"爷爷伸出一个巴掌。

我没有说话。

尽管大姐教得没耐心，但爷爷都学会了，我还是不会。爷爷又说："1——2——你说。"

我张了张嘴，没发出音来。

爷爷说："蛋儿呀，你真不会说话！你就这命！"

蛋儿是我的名字，将军寺村的人都这样取名，大概认为名字贱好养活，我几个伯伯分别叫砖头、瓦片和粪堆，谁也没有为名字感到难为情。对于大家来说，名字就是个代号，该当爷当爷，该当爹当爹，不影响辈分。我感觉这些名字都挺难听的，土了吧唧。后来我上学，从来没提到我的小名，都是称我的大名：孙大朋。本来是"鹏"，可是上户口时少了"鸟"，爷爷不识字，改名还要开介绍信，挺麻烦的，就没改。

爷爷那天不让我吃饭："等你啥时候学会了数数再吃。"我最终没有学会数数，那顿饭也没吃。

我跟在爷爷后面，去找了邻村的先生。

先生伸出两个巴掌："这是几个？"我不说话。

先生去掉一个巴掌："这是几个？"我还是没说话。

先生说："领回去吧！"

爷爷没有把我领回去，他乞求着："孩子得上学，不上学就完了。"

先生死活不愿意："我这也是为你好，一个傻……孩子，这样子能上学吗？"

先生把我们推了出来。爷爷不高兴，他在前面走，我拖拖拉拉地在后面跟着。走了好远，听见后面一阵大笑："傻子还想上学？不认命不中。"

那天晚上爷爷提着半竹篮子鸡蛋出去，半夜才回来，我爬起来，他看我还没睡，说了一句："你就这命！"

"你就这命"这句话爷爷说了一辈子,每一次都像在感叹我的命运,可怜我或替我感到惋惜。

二

之前我并不住在爷爷家。我有家,有爹,有娘,还有三个姐姐和自己的小床。

爹经常不在家,他在镇上理发,忙得很。娘种地,家里活儿家外活儿都干,喂猪、做饭,还要照护我们四个小孩,没闲的空儿。娘一直想自己生个中用的,中用的就是指男孩。我上面是大妮二妮三妮三个不中用的,我是末肚,中用的。大姐比二姐大两岁,二姐比三姐大一岁,三姐比我大三岁。生过三姐之后没有几个月,娘就去镇上的医院了,回来时头上包着手巾,躺在床上,大姐和二姐伺候着。娘越来越瘦,身体像麻秆一样,皮包着骨头。村里人来看娘,娘经常说自己的肚子不争气,连个中用的都生不了。娘后来还怀过几次,都流了,因为都是不中用的。

后来,娘再也怀不上了,肚子鼓不起来了。娘把一切责任推到我身上,认为我妨人,也就是克人。以前怀得上,现在怎么怀不上了?这想法大姐很快领悟到了,她经常拧我的耳朵,娘不管,任她欺负我,我嗷嗷叫,就是喊不出来,只是哭,娘也过来扇我耳巴子。后来二姐也欺负我,认为我不干活就会争好吃的，的确，爹从镇上回来带好东西，都是让我先吃。大姐、二姐对我翻白眼，这成了家常便饭，只要爹不在家，大姐就敢打我，当着娘的面，像是得到某种默许。只有三姐对我好，可她谁也打不过。大姐、二姐欺负我时，她就死死抱着我，跟大姐、二姐大声吵。娘气得牙根子痒，骂三姐："你个死妮子，真是个不中用的。"

我哭，三姐也哭，我俩都哭。爷爷家和爹家只隔一条路，我知道爷爷一听到哭声就来。爷爷来了，深深地看了我一眼，说："你就这命。"把我抱走了。

这话也不知道说谁的，娘听了就打三姐："我叫你上劲！"三姐扯着嗓子哭："我没上劲。"娘从不打大姐和二姐，认为她们娘几个一条心。娘瞅准机会就和爹吵架："我怎么这命了？不就没添个中用的。我让你看看，这本事我有。"这声音很大，爷爷肯定能听到。娘就是让爷爷听的。

可是连续几年娘都没怀上，不知道怎么回事，娘怀不上了。娘先是去太昊陵烧香给菩萨，烧香不止十次二十次，还捐了钱，但都不灵。娘又四处找偏方，抱着一大堆草药回来，烧火熬中药，院子里到处是草药味，烟熏火燎。她越来越瘦，病恹恹的，头发不再梳，乱蓬蓬的。娘说："蛋儿妨人呀！"家里没人了，娘就拼命打我，手劲狠。

娘肯定感动了上天，我四岁那年，娘的肚子终于又大了，她走起路来像个大鹅，一摇一晃的。她还找人看了，肚子尖，说是带把的，可能是双胞胎。娘高兴，没事就在大街上摇晃，巴不得让整个将军寺村的人都知道。

娘真给家里添了中用的，是双胞胎，是我们将军寺村唯一的一对双胞胎。生孩子时，羊水破了，娘没力气，医生问咋办，爹要求保大人，娘却不同意，她坚持要孩子——那可是两个孩子呀，这足以让她改变命运。但娘的固执害了她，她没有看到孩子，双胞胎生出来时像两个猪娃子拱在一起。娘大出血，走了。

那一年她才三十三岁。

大姐、二姐躺在地上打滚哭。娘走了，爹慌了，又添两个人，家里一下子就是六个孩子，咋养活得起呀！当天晚上，爹决定把我送给人家。我拉着爷爷的手，爷爷哭了。他们最后一商量，把三姐送人了，反正是个不中用的，迟早要嫁人，夜里就有人把三姐抱走了。三姐哭，我哭，爷爷也哭。

娘走后第五天，双胞胎弟弟中的一个也走了。爷爷就成了娘，加上叔叔家的孩子，一大群孩子跟在他屁股后面，照顾好这个，那个又哭起来了。村里人劝爹找一个，爹也想找一个，没个女人不像个家，再说他才三十五岁，年轻着哩。大闺女不愿嫁过来，谁也不傻，这个烂摊子嫁过来受罪。湾柳村有个小寡妇，早年死了丈夫，本来要过来，但她一听说家里孩子多，就不愿意来了。一直到后来，爹就自己一个人扛过来了。

爷爷说："你就这命。"爷爷还说我是要的。要的，就是不是爹娘亲生的,这是将军寺村的土话。我知道我是爹用三袋麦子换来的,怪不得娘搭上命也要生个带把的,原来我不是亲生的。

"要不是你拉着我的手,我就把你送走了,你毕竟不是亲生的,还有点傻。你的小手呀死死拽着我,我的心疼了。我是你爷爷呀!你就这命!"

那一年我十六岁,考上了高中,爷爷送我去搭开往县里的车,路上给我讲了很多。我终于明白为什么我七岁才会说话,原来我是要的,我出生时一定有缺陷,要不然亲生父母不会把我给别人。这就是命,得认!

三

爹不在镇上理发了,回到将军寺村打理那一亩三分地,虽挣不了几个钱,但抱着小弟弟也是开心的。后来看见我碍事,爹就对爷爷说:"蛋儿妨人,就因为你没把他送走才这样。"爹一直说我妨人,不待见我,爷爷说:"你不要,我要。"我就这样到了爷爷家,爷爷家就成了我的家,这是我真正的家。大姐、二姐不会过来欺负我了,她们怕爷爷。爷爷也算有伴儿了。我没有见过奶奶,奶奶走得早,应该是生小叔时走的,如今小叔都考上大学了。

爷爷照顾我不假,但他也信命,对我好,对我这个傻子好,但没钱也不中。我慢慢长大了,爷爷并不怎么可怜我,重活虽不让我干,但简单的活儿总不能不干吧,以后要自己养活自己。爷爷经常自言自语:"蛋儿,你以后讨不上媳妇谁伺候你?"爷爷发愁,发愁就吸烟,用烟叶裹的那种。那时候不管带烟把还是不带烟把的,爷爷都不抽,那太贵。有一次,爷爷为了办事买了一盒烟,剩下的不舍得抽,等再办事的时候又拿出来,烟已经发霉了。爷爷舍不得扔,怪可惜的,自己一口气吸了五根过瘾,咳嗽了半晌午,但他认为那烟冒得香,值。

爷爷首先教我怎么做饭,他教我蒸馍、炒菜、打稀饭。他天天做,一遍遍演示,我都似懂非懂地望着他,不搭理他。后来,爷爷把勺子递给我,我够不到锅台,就站在板凳上,抓起勺子往锅里捣,一下子把锅捅烂了,水把柴火都浇灭了,柴火呲呲地冒烟。爷爷说:"你不等死,死不会来。你啥都干不了,你死了算了!"爷爷脱了破鞋拿在手里打我,一边打一边说:"你就这命,连锅都妨,饿死不亏!"后来,他一个人瞅着烂锅也笑了。

我害怕张嘴,在外面,我一张嘴一走路就会有人笑。我讨厌村里人高高在上的样子,他们自认为比我高一等,经常对我指指点点,他们不就是能说话吗?我恨爷爷,恨他为什么不把我送人,在大家的唾沫星子下我马上要死了。有人欺负我,我打不过别人,也骂不过别人,只能自己安慰自己。

一条狗咬我,我生气,连狗都冲着我咬。我害怕,我跑,本身腿就不得劲，狗咬得就更凶了。爷爷看见了，也不撑狗，冲我骂："你就这命，你没有手没有脚？"爷爷捡起地上的一块土坷垃头："去去。"王八尥蹶子——没后劲儿，狗吓跑了。"你要扛下来，有一个会退。"爷爷说。再有狗冲我叫，我就捡起地上的砖头，想使劲砸，狗没等我砸砖头，早跑了。原来狗是怕人的。

第二年，爷爷还把我往学校送，先生照旧不接受我。第三年也是如此。

依然有人欺负我，有红白事，他们经常拿吃剩下的东西给我，我快到的时候，他们就把东西扔在地上，喊着："快捡呀！"有人给我水喝，我一喝，辣的，那是酒！还有人给水汤喝，说："凉的，赶紧喝！"鸡蛋汤，上面漂了好多蛋花。我饿，端着喝，吸溜一下，满嘴烫。我哈着嘴吐，喉咙难受。但我有了办法，我总算找到了平衡的法子。既然我打不过你们，骂不过你们，我就背后干活。趁天黑我捡起将军寺河里的死小猪子，捂着鼻子，放到人家门前，那死小猪子真臭，上面爬满了白胖的蛆，我洗了好多次，手上还有臭味，不过没人知道是我干的。有时看到谁家的羊，我先咩咩地把它们叫到身边，然后将准备好的土坷垃照准砸过去，羊咩咩地惊叫，我很开心，就像打了它的主人。谁嘲笑我是傻子，我就刮他家的树皮，树露出白花花的树干，汁液像流的血，一滴一滴往下淌，很痛苦。我以后就不刮树皮了。村西头的麦秸垛着火了，主人家很伤心，没柴火烧，牲口也没草料吃了。以后再有人说我，我就点他家的麦秸垛。我好像点了三个，有一个正准备点，爷爷喊住了我，他说："你这孩子，别看你不吭不哈，心怪狠的。这可不好。"

爷爷打我，死死狠狠地打我，说我不学好。我哭，嗷嗷直叫。爷爷下得去手，我身上的皮都炸开了花。爷爷的教育方式就是打，不讲理，他也不会讲理，但有效。我确实老实了好长时间，我怕挨打。

爷爷大字不识一个，却一次次坚持让我读书上学，他知道那样人才有出息。他和三爷商量咋办，三爷也没办法："先生说了，哪个老师收哑巴？"爷爷摇头："他就这命。"

那天我在将军寺河边走，天上突然落下一些水，我抬头一看，有人朝我撒尿。我嗷嗷叫，突然喉咙里蹦出了几个字："你个——"小孩子吓坏了，从树上摔了下来。我从来没有说过话，我终于张开嘴，慢慢地发出声音了。我会说话的消息不知道怎么就传遍了将军寺村。我不知道自己怎么会开口说话了。我十岁了，终于上了学，爷爷和三爷不再费尽脑子想办法了，别说数数，连简单的算账都会。村里经常有人说："这孩子原来不傻呀！"

那时我在西屋写作业，没关门，因为没有门。到了晚上，点上煤油灯，爷爷不再理我，我们俩各忙各的事。爷爷把最亮的地方留给我，让我写字。我写作业，爷爷就抄起剪子忙着给我改衣服，把袖子的线散开，把袖子改长，还能再穿一年。

"你爷爷做衣服比女人做的都好。"这是三爷看到我穿的衣服时说的。

我上学那一年爹想钱想疯了，准确地说是弟弟也要上学了，供应不起。爹四处想办法挣钱，家里太缺钱了，不知谁说的去城里捡破烂赚钱，爷爷不信，但爹信，爷爷害怕爹去。爹有俩闺女俩儿（当然算上我，不算三姐），我的两个姑都出嫁了，现在小叔已经毕业，找工作也得花钱。爷爷就骂爹："好好种你的地就行了，还养活不了你？你咋恁金贵？"

爹没听爷爷的话，他不想理发，更不想种地，那都不挣钱。不知听谁说的，在北边的官路上扒车赚钱，爹就去了。有人开着机动三轮车，车的轮子改大了，速度快，三轮车靠近货车，人往上爬，然后从上面卸东西，再拿到镇上卖。爹第一次扒车就从上面摔下来了，摔到了柏油路上，再也没站起来。

那是我上学的第二年，我才十一岁。爷爷当着人的面没哭，但夜里常常掉眼泪。我没哭，傻。

关于这一切，小时候的一切，我经常会想起。后来我问爷爷，爷爷说："这事你能忘记？一发生事，你就想起来了。"还真是，这些年来，只要是遇到事，不管是不顺心的事，还是高兴的事，我总能想起小时候的点滴。本来以为早就忘记了，没想到它们那么真切地出现在眼前。想着想着，我就开始抹眼泪，止不住地哭。

当时我没哭，现在怎么不争气地哭了呢？

四

家里的衣服多是爷爷洗的,衣服烂了也是爷爷缝。爷爷最讨厌我在外面把衣服弄烂,缝衣服太麻烦,买新的家里又没有钱。有一次我爬树把裤裆刮破了,爷爷到家一看,也不说话,我刚把衣服脱下来,还没换上,他一个耳巴子就打过来了。我脸上火辣辣的,没哭。爷爷以前常说,啥事都得忍着。我就忍着,不是怕爷爷伤心,是怕爷爷伤心了自己伤心。

泪水开始在眼里面转,我噙着泪,泪后来就滴下来,一滴一滴的。我背对着爷爷,身子一颤一颤的。爷爷不能很好地纫针,他眼睛看不清,就让我纫针。爷爷喊我,我不理他。我生气,爷爷却不管我,他才不管我生不生气呢。

爷爷纫针,气得没纫进去。其实不生气,他也纫不进去,眼睛花,看不清。爷爷说:"打你也不亏,就知道在外面玩儿,谁给你擦屁股?"爷爷手里拿着我脱下的衣服,让我纫针,等得着急。我接过针,用嘴抿一下,第一下没把线穿进针眼儿,我手不抖,但身子抖。我静了静,才把线穿进去。

爷爷不再管我,自己一个人走开,缝衣服去了。他打我后看到我哭,从不哄我,没用。他经常说:"有啥哄的?你想哭,再哄你也没用;你哭够了,不哄你你也不哭了。"爷爷一走,我的泪水一下子流出来了,咧着嘴哭了。

三爷经常夸爷爷手巧,比女人的还巧。爷爷听了就笑三爷:"你没老婆试试,保准比我的手还巧。"三爷就不再取笑爷爷。

我感觉三爷说得不全对,爷爷缝衣服也就是简单缝上几针,不开线罢了,要针脚没针脚,连个花都不会缝。邻居小仙的衣服烂了,她妈缝得像新衣服一样,都看不出来烂过,还能贴上块布,缝个小花。

三爷爱讲爷爷当兵的事,我不想听。三爷说的次数多了,也不嫌絮叨,我慢慢地就记清了。但关于爷爷的身世,三爷不愿讲,他不愿意讲的事,无论怎么问,他都不说,当然他也从不讲我的身世。问爷爷,爷爷也一样,不说。

爷爷打过仗,上过战场哩,十几岁就打日本兵;后来还跨过长江,趴在船上,子弹打过来抬不起头,一排又一排的子弹。瞅准机会,他就打过去,一枪接着一枪,耳朵都快震聋了。

我就问:"打死过人吗?"

"我倒希望一个人也不打死,都是人,哪个不是娘身上的肉?"

新中国成立后,爷爷才二十多岁,他个子不高,但有精神。因为他当过兵打过仗,后来就上了朝鲜战场。战争结束后回来,他去当工人,到洛阳,离将军寺村有二三里地。那时候工人可吃香了,有工资。三爷说,比当教师都吃香。

三爷还讲爷爷当工人的事儿:"当工人那几年,家里就有钱,每个月都寄过来。你奶奶会过日子,不舍得花,就是花,也是一分掰成两半花。后来，你爹出生了，你两个姑出生了，直到最后你小叔出生。这你就知道了，你小叔出生后，你奶奶去世，好像是1968年。"

爹比大姑大得要有六岁，我问过爷爷，爷爷不说。我问三爷："年龄怎么差这么多？"

"你这孩子，那几年哪有吃的，中间的都饿死了。家里还有两个中用的，你爹还有两个兄弟，都死了，没办法。你现在日子好了，得孝顺你爷呀！"他讲着，有时候也一阵感叹，"你爷这些年过的什么日子，这都是命呀！得让你爷享福。"

三爷每次都说让爷爷享福，我也想着等以后上学参加工作有了钱，让他好好歇歇。当我真正长大，有了钱，爷爷却没看到，他没享过一天福。

说实话，爷爷自己很少主动讲当兵的事。后来我大一些，就问他，他说："那可是命换的，打仗就是拼命。命呀，一命换一命！"爷爷打仗的事是真的，这有留下来的军功章为证，我小时候从东屋墙头洞里翻出来，看着花花绿绿的，拿着玩。爷爷见我拿，就打我："你知道这是什么吗？这是我拿命换来的。"他收起来继续放墙洞里。爷爷去世后，我去墙洞里找，找不见了。

爷爷有时候还说起他年轻时的事儿，讲在将军寺河发生的事儿。他说："捕鱼，我可是一把好手。"爷爷说起这话，很得意的样子，他会捕鱼。"家里有网，没东西吃，我就捕鱼吃。鱼多得是，大的我留着，不能都逮呀，小的放河中——它还要长大哩。"长大了，我让爷爷教我捕鱼，磨了他好长时间，爷爷才同意。爷爷做好了准备，扒出来床底下的渔网，撒网时渔网都烂了，一拉就断，一节一节的，还冒着烟儿。爷爷说："乖乖，这可惜了！"那渔网有几十年了，怎么就糟了呢？我没有见过爷爷捕鱼，但我相信爷爷会捕鱼。

娘死的时候，村里村外的亲戚来，劝爹，爹不哭。爷爷客气地招呼着亲戚，忙着安排后事。后来，爹死的时候，我没哭，不知道啥叫伤心。"你这孩子啥命？真妨人！"爷爷失去了他的儿子，他还不老，但走起路来像个豆芽子一样，再也直不起腰杆子了。

大姐哭，鼻涕夹着泪水流了下来，二姐跟在后面也哭，两个人的声音很大，一个村里的人都能听见。爷爷没哭，爷爷把我拉棺材边，指着棺材盖说："哭爹。"我戴着孝帽子，还是没哭出来。爷爷一巴掌打过来，生生地把我打哭了："好歹也是你爹，你一点不心疼？"我疼就流泪了。村里有人听见我哭："这孩子孝顺，操心他这几年也值了。"

去坟地的路上，我想着娘不待见我，娘走了，爹也走了，我这是啥命？小时候村里人打我，个个说我是傻子；小伙伴在玩，我走过去，他们马上散开，有人还指着我的鼻子说不跟傻子玩；有人放狗咬我，大家好像都在骂我；我回到家，爹对我也不管不问，只管弟弟，把我扔在一边，我一个人窝在麦秸垛哭，一哭就是一夜，没人找我……有东西堵在我的喉咙里，我放声就哭，嗷嗷直哭，挡都挡不住。

三爷听见了，揉我的头，我还是哭。三爷说："蛋儿不傻，知道谁对他好。"

爷爷远远地望着我，背过身子，偷偷地抹了一把泪。

五

我上高中了，一想起爷爷，就想着要努力学习。尽管我发奋努力，但成绩也不怎么好，一般靠上。高考刚够着本科线，叔叔劝我报师范院校，他说国家需要老师，学校不可能倒闭。本地的一所师范学校录取了我，每个月还有补助，七十多块钱，补助只发到第三年，没了，取消了。

知道自己的实际情况，我大学没闲着，找活儿做兼职。那时候干家教，两个小时十五块钱，也有一个小时十块的。一个晚上做两个家教，两个小时教数学，两个小时教作文，中间空余时间很短，我就买了辆自行车两头跑。星期天发传单，坐大巴到县里发，一天三十块钱。我没发，装模作样发几张，等监督的人不在，一下就把传单扔进垃圾桶，到大街上玩去了。发传单的就不再用我们，也不知道谁说的。我又换了份活儿——当网管，可是我不懂电脑，只知道开关机，死机了重启，干了没两天，被人家撵出来了，连钱也没给。尽管如此，大学这四年，我只是第一年给爷爷要了学费，以后的学费和生活费都是我自己挣的。回到家，还能给爷爷一些钱。

那时每年过年回家，我最怕爷爷发愁。爷爷发愁不直接说，他总是说别人。

"蛋儿，村里的筷儿结婚了，站站家中用的都会跑了。"

"不急，先上学再说。"

"你光上学也不中，你不会找一个？"爷爷说的找一个，就是找对象。

我不想理爷爷，他总揪着这事不放。爷爷见我不听，就发动三爷劝我。三爷一见我就说："不能念书念成书呆子，人家上学都谈对象，咱不憨不傻，咱也可以找呀！"

怎么跟他们说呢，大学的对象哪有那么好谈？他们也不想想，我没钱，没钱谈什么呀？但我不能跟爷爷说人家嫌咱穷。放假回家那段时间，我一个人在屋子里呼呼睡大觉。后来，我就不回来了，还不如在外面打工挣钱，有事没事给爷爷打电话，问问他的身体状况。

当时，爷爷还发动身边的亲戚给我介绍对象。大姐、二姐来的时候，爷爷就问她们，要她们操心给我找个对象。大姐半开玩笑半认真地说："这孩子有本事，以后娶城里的闺女。"爷爷说："农村的命，找啥城里的！"

大姑、二姑来走亲戚，爷爷也让她们操着心。大姑说："都操着心哩，有合适的给蛋儿说。"大姑后来果然给我说了一个，人家闺女也上学，学医的，是湾柳村村主任的闺女。但后来人家打听了我家的条件，看不上，嫌家里太穷。大姑气得不理人家，说人家是狗眼看人低。

后来，爷爷再给我提对象的事儿，我就说："谈着哩，女孩子个儿高哩！"爷爷喜欢个子高的，个子高不被人家欺负，打架也有劲儿。

我说了这话，爷爷就不再提找对象的事了。爷爷不跟我提，心里还是想着的。有一次我听见他和三爷聊天，说来说去，还是孩子结婚的事，他们都没有注意到我。三爷说："蛋儿进了城，一成家你该享福了，照顾个孩子。"他对三爷说："孩子各有各的福，大了，心操不了了。"三爷没接话。我听了一阵心酸。

我毕业后要当老师，但本县一直没有招录，有几个学校让代课，我想还是趁年轻先考个带编制的。我就满世界考，考公务员、事业单位，但都不如意。爷爷不解，就问我："你一个大学生，不是吃商品粮了吗？"吃商品粮也就是包分配。我对爷爷说："早就不分配了，凡进必考。一年有那么多大学生毕业，咋能都安排工作？"爷爷摇摇头："你看你小叔就直接进银行了。"停了一会儿，他就瞅我，小声说："蛋儿，你说实话，我不怪你。国家不分配你，你是不是犯啥错误了？"我哭笑不得，说不是。

后来我在邻县当老师，爷爷知道我要上班，劝我不要去。爷爷说："蛋儿，你在本县多好，去外县干啥。"在本县当然好，也有人照应，那时我小叔已经在本县的一家银行上班好多年，孩子都大了。我以为爷爷嫌路远，担心我在外吃亏，就对他说："坐车也快，不到一个小时就到了。我这么大了，你担心啥？"

"你能蹦跶，我担心啥？不是路远，你去外县，谁找你办事呀。"爷爷吸烟，烟圈弥散开来。爷爷说的意思我懂了，将军寺村的孩子上学全部在本县，当然也有跟着爹娘去北京、上海的，这咱都帮不上。爷爷知道求人难，尤其是我上学时，跑了多少次都没办成。他的意思是谁都有难处，上学可是大事，别人有困难，你可要帮，你都去邻县了，怎么帮人呀？你上了学，当了先生，就是有本事的人，你得帮衬村里人。

"爷爷，现在上学不像以前了，中学是义务教育，谁想上都可以上。"

"说的比唱的好听，不认识一个人，谁让你上。"

我哈哈笑："现在学校多，不紧张了，没人替这发愁了。"

"你就这命啊！"

其实，真实的原因是本县不招老师，外县招，我就瞅准机会，考上了招教，还带编制。竞争还是挺激烈的，报的有上千人，我们这个学科报了也有二百多人，但只招五个人。我能考上也不容易，但没跟爷爷说。说给他听干啥呢？爷爷年龄大了，七十多了。

工作后，我回家看爷爷，爷爷很希望有个人跟我回来，希望是个女孩。我都二十六七了，也没成个家，爷爷感觉对不起我。

"你得成个家，得有个不中用的暖脚。"爷爷说。

真正在城里工作也不是如意的事儿。我先是租了房子，一年四千块，我的工资低得可怜，花花吃吃就没了。发了第一个月的工资，我给爷爷买了一件黑色夹克，又买了顶帽子。爷爷说我："你呀，不会过日子，手真大，净浪费钱。"他把夹克扔到地上，不解气，又用脚狠狠地踩，衣服像刚烙的一块油饼。我气得牙疼。

不断有人给我介绍对象，有一个叫灵灵的，我俩谈得不错。那姑娘性格好，喜欢读书。我要给学生买辅导资料，和她就在书店认识了。后来，学校一个老师给我介绍，哪想就是灵灵。真是缘分。她个子比我高点，不到一米七，一笑有个小酒窝，非常符合我的择偶标准。到了谈婚论嫁的时候，灵灵要看看我家。爷爷特意穿上我买的黑色夹克，还戴了帽子，我以为他早就扔了。爷爷有精神，院子收拾得干净，爷爷本来就爱干净。灵灵最终没和我走到一起，不仅仅是因为家庭，我想还有我买不起房子。

那时我教的学生成绩不错，但学生成绩好除了能获得学校领导几句空洞的表扬，又有啥用呢？三年后我果断辞职，到南方找同学闯荡去了。

六

去南方之前,我专门回家一趟,说啥也要跟爷爷再说说话。

我是下午到家的,爷爷不在家。我问了邻居,邻居说他去地里干活了。唉,都七十多的人了,还干啥活,也不歇息下。我到了三爷家,先跟他说会儿话,三爷没少照顾爷爷,我特意给他带了两瓶高度酒。当然,平时大姑、二姑来得勤一些,大姐、二姐来得少,毕竟爹娘都不在了。三爷走路不弯腰,声音哇哇响。他听我说要去南方,也没劝我,就说:"你放心去,出去闯荡下好,你爷有我呢。"我说:"家里有啥事,我会经常打电话的。"

爷爷已经回来了,正收拾柴火,他不知道我回来,见到我有点吃惊。我给他烟,二十多块钱一盒的,他接过,我给他点上。

"你有事?"

"没事。"

我一回来,爷爷就认为我有事,好像没事就不能回家一样。

做晚饭的时候,爷爷端碗和面糊子打稀饭,他知道我爱喝稀饭,我想自己做让他歇会儿,爷爷不理我,坚持自己做。我去烧锅,把麦秸一把一把往里塞。

"我要去南方看看,这几年在家也挣不了几个钱。"火光一晃一晃的。爷爷不搭理我。

"去了先看看情况,有几个同学在那里,挣点钱。"爷爷还是不说话。厨屋里烟雾缭绕的,呛人,我咳嗽了几声。

稀饭打好了,里面还打了个鸡蛋,漂起来一层鸡蛋花。爷爷炒了个菜——萝卜粉条,自家种的萝卜,自家的红薯做的粉条,这些都是我爱吃的。多少年过去了,爷爷一直记得我的爱好。他说:"喝鸡蛋稀饭能去火,吃粉条能长高。"不知道他从哪里听到的,喝鸡蛋稀饭能去火不假,但吃粉条能长高,我就不太相信。因为我就没有长高。

吃饭时,爷爷不吃看我吃,我饿了,吃了两个蒸馍,爷爷在一边默默吸烟,我带回来的那盒烟已剩下最后两根。后来爷爷终于说话了:"你走得再远,总有饿的时候,你要记住家乡饭的味道。"

睡觉还是老样子,爷爷躺在东间,我也在东间,挤在一张床上睡,好久我都没有睡着。我想说点什么,想说的太多,但又不知道从哪里开始说,要说些什么。

"我是你老太逃荒时捡来的。我被人扔下了,也可能是我自己跑丢的,这谁能说得清。"爷爷讲起了他的身世,爷爷能说得清当时的情况,"那时还小,也就四五岁吧,有个女人背着包裹从我身边经过,我就喊女人一声'娘',女人不理我,我又喊了一声'娘',那女人才知道我是喊她的,她就把我领走了。"那女人也就是我老太,一个苦命的寡妇,拉扯了三个中用的,一个不中用的,一个个都成了家。

我没有见过老太,有一年清明节跟爷爷一块儿上坟烧纸时,他给我介绍说:"这是你老太,那是你姑奶。"他指着坟堆,说了我的好多长辈,可我记不住。"他们都睡在这里了,以后我在这儿,你也得在这儿。"坟上的草又青又旺,我小时候坟里长的杂树棵子都快长成大树了。

"蛋儿,你不是这村的,但这土地待你不薄,你也算是这土地上的人,这里的水土养了你。"显然,爷爷不想让我走。

"这土地就是命。要我说,一辈子在家就中了,你走得越远,心就越飘。这土地养人,长粮食,不缺你吃的喝的。以后要埋在将军寺村,埋在我身边,就像现在这样睡在我身边,多好。"

我不进城,爷爷非让我进城求学,说可以吃商品粮;如今我进了城,而且还要去更大的城市,爷爷又说要我留下来,口口声声说黄土地好,不让我走。不管咋说,都是爷爷有理。

我问爷爷:"你年轻时不是去洛阳当工人了吗?"

爷爷一下子沉默了,我知道我说错话了。好长时间,他才说:"也是没办法的事。那时,家里几个孩子咋办?张嘴要吃的,你爹差点饿死,你还有二叔三叔呢,都是那几年饿死的。那几年我挣了几个钱不假,但跟你奶处的时间少。后来你奶走了,给我留下四个孩子,我欠她的。这辈子还不起了,我下辈子得还她。我真不想出去,出去没啥好的,不是你想的那个样子。外面有钱让你捡？也都是泪水。我是后悔了，还不如在家种种地，照顾孩子。日子过一天少一天，以后你就知道了。年轻人都想走，嫌家不好。都一样，我年轻时也这样想。"

有月光照进来，苍白，冰凉，惨淡。

那夜，爷爷还讲了好多："你出去得注意点儿。外面的女人多，你得小心。挣钱不挣钱不打紧，别害人，也别被人害。"

我嘿嘿笑了："你在外面找过女人吗？"

"你这孩子，问的是啥话呀。"爷爷骂我一句，"在外面那几年，我心里一直装着你奶，不能做对不起你奶的事。老一辈人重感情，你们年轻人就是得学学。现在变化太快了，你看村里的小青结了婚，不过一个月就离了，这都是啥事呀！那时候这样没脸见人的。丢不起这脸。"

"不过后来嘛，"爷爷继续说，"在外面时间长了，也想你奶，可离得太远，回来一趟都要花钱，来回跑都给车抹油了。厂里的一个快递员，经常收信送信，我给家里汇款都是她帮我填，她了解家里的情况，她看上我了。她个儿高，真瘦，扎两条辫子，经常摆在胸前，单眼皮，但眼睛却不小。人家给我织件毛衣，枣红色那件，我经常穿的那件。"那件毛衣我见过，基本上开线了，爷爷缝了补补了缝，我以为是奶奶给爷爷织的呢。

"但我没有做对不起人家姑娘的事，我跟她说清了，你奶听了只是一笑。人得凭良心，走到哪儿都得凭良心，人家姑娘对你好，你得记住人家的好。蛋儿，你长大了，得明白这个理，在这个问题上不能犯糊涂。啥事能做，啥事不能做，你要记住，人得有点底线。人要比猫啊狗啊强，得守点啥，得知道对谁好。"

后来爷爷还说："有了女人要好好过，没有家你干啥有劲儿？有家才有盼头，知道有牵挂的人，做啥事都要想着。"爷爷说了好长时间，差不多到半夜，后来我就睡着了。

第二天早上我要走了，爷爷给我一个东西："带上它，你不想家。"我接过，是一块表。爷爷心里不想让我去，但没有拦我。他知道不摔打摔打我就留不住我。

七

到了南方，我找到大学同学大头。大头在大学时和我一个宿舍，他在学校时经常在校外搞点投资，头脑可活了。他来这边四五年了，现在刮光了头，成了名副其实的大头。他投资电影搞影视，他做制片人，认识很多导演、编剧和演员，一说起来都是大事。他计划筹资五千万元拍一部大片，请一线演员，片子比《花木兰》电影都要火。我二话没说就同意做，但资金方面还得想办法。大头让我们每个人拉一百万元。我吓呆了，我从来没有见过这么多钱。我去哪里找呢？大头说："找银行贷款嘛！你贷款，到时候赚钱再还，很划算，朋友们都这样搞。"

我说考虑考虑。

我给爷爷打电话，说要做电影。爷爷说："你就那命，做啥电影？没那命！"我拼命给爷爷解释，以后可以赚钱。"鬼话！钱这么好赚？银行不是咱家开的，天上掉馅饼要注意，有可能是鱼饵。"但我没听，我疯狂地投入，用我的名字贷了一笔钱。最后大头带钱跑了，我一天后才知道，打电话联系不到他，我知道上了当。

大姐在家里给我打电话，说爷爷生病了，老气喘，喘不过来气，让我回去看看，得花很多钱。我说："多少钱？""一家五千。"我又跟其他同学借了六千，给大姐打了过去。

我给爷爷打电话问情况，爷爷说："好着呢。"我心里有事，爷爷肯定听出了什么，他说："回来吧，就是想你。"但我没有回去。爷爷住院了，做了手术，还算成功。那时小叔挪用公款炒股被关监狱了，爷爷听说后吓过去了。大姑、小姑照顾着，大姐有时候也去。小婶子带着钱跑了，爷爷的心里难受，他更老了。

我欠了一屁股债，哪有脸回去？后来大头被抓住了，钱退回了一部分，我还了贷款。我又在外漂了一年，不想在风浪尖上过了。我想家了，家里实在。

听大姐说，爷爷不住姑家，说没家好，千好万好还是自己的家好，他哪里也不去。那段时间，我就陪爷爷，我坐在爷爷身边。家里养了只猫，问爷爷啥时候养的，他说："也不知道哪里来的野猫，我喂它，它在外跑累了，就留下来了。"那只野猫的腿有点儿瘸，在外肯定被打过。我看它一眼，猫眯着眼睛睡觉，在爷爷腿边蜷成一个毛团。

那段时间我开始重新思考人生，以后要干什么，我不干好高骛远的事儿了。爷爷身体不太好，晚上我决定第二天给爷爷做饭，但起床一看爷爷已经做好了饭。他起床早，说："睡不着，年纪大了，就起来了。你年轻，多休息。"

有一天我接到一个电话，是警察打来的，说钱找到了。我哭了，足足一百万啊！我对爷爷说："包地种。"爷爷没反对，也不支持。他说："你就这命。"一说话就咳嗽。

我开始张罗着包地，建立农业合作社。我租了五百亩地种红薯，打淀粉，然后下粉条，运往南方卖。我去南方那几年，南方的红薯粉条价格贵。秋天种麦子，还收粮食，打成面粉，一包装也送往南方卖。可是，那年快收红薯了，老天下了一周的雨，红薯没法扒出来，我眼睁睁地看着红薯都坏地里了。

"你就这命！"

我不种地，我找人种，一天给五十块钱。爷爷说："哪有干活要钱的？都是乡里乡亲的帮忙。"爷爷看不透形势，认为以前好。但将军寺村的人高兴，他们在家有事干，心里乐着呢，每天五十还不好？一个人买一个月的白面馒头都吃不完。

爷爷的身体变坏了，但他还是支撑着身体去地里看。我说："你别操心。你在家坐着就行了，啥也不用干。"爷爷不管地里的庄稼，赚了赔了，他不在乎，反正有吃的就行。他看着别人家的小孙子在跑，不说话，傻乎乎地笑。

南方的一个朋友要过来，说要看看我的生意。我说："你来吧！"玲子真来了。

玲子来的时候，爷爷精神了许多，拄着拐杖。趁玲子不在，他就说我："你得对得起人家姑娘。"我当然知道，我都老大不小了，三十多了。

后来，我和玲子结婚了。爷爷给玲子一对手镯，银的，我还不知道爷爷有这宝贝。爷爷给我，让我给玲子。玲子咬了一口说："真的。"我说："这传下来的。老太给我奶的，爷爷一直放着，这是替我奶给你了。"

农场效益还算好，后来我又承包了两千亩地，忙的时候要找百十个人帮忙。玲子怀孕了，生了个大胖小子。爷爷高兴："是个中用的。"爷爷看着孩子，放了二十块钱，算是给孩子的见面礼。我不要，往爷爷兜里塞，爷爷又掏出来，非要给孩子。媳妇拉住了。

爷爷一直想照顾孩子，媳妇不让，抱一下都不行，怕摔了孩子。有一次媳妇私下跟我说："爷爷抱孩子，差一点儿掉在地上。"我吓了一跳，就对爷爷说："你以后别抱孩子了。"爷爷听了，呆住了，他以前老说喜欢照顾孩子，现在成了无用的人。但他坐在床边，看着重孙子，重孙子也看着爷爷，两人比着笑。

没过几天，爷爷身体不太好，浑身不舒服，带爷爷去县人民医院检查，说是肝癌晚期。小叔那时候从监狱出来了，大姑、小姑也都来了，商量到底做不做手术，医生建议保守治疗。我坚持给爷爷治疗，花多少钱都愿意，我自己一个人出。我要治好爷爷，爷爷还没来得及享福呢。

把爷爷送上手术台时，爷爷不想去，像个孩子一样乞求我，一直死死地拉我的手。我发现爷爷哭了，浑浊的泪水一滴一滴落下来，烫。

八

病中的爷爷很听话，让干啥就干啥。我说"该吃药了"，爷爷配合，起身，张嘴。我用勺子喂他，他一口一口地喝，不吭气。有一次喝中药，我问他："不苦啊？"爷爷说："咋不苦？要不你喝喝试试。""那你也说一声，我给你换。"爷爷喝完药，不搭理我，头扭向一边。

爷爷恢复得也算可以，两个月后精神状态好多了，但元气伤了。三爷过来，对他说："可要吃好喝好，多享两天福。"爷爷哈哈笑："在鬼门关转了一圈，阎王不收我。"两人见面就坐在一起，讲讲过去，随便说些什么。后来，两人就不说话，只是干坐着。即使那样，爷爷状态也很好，吃饭时可以多吃上几口馍。

我的生意越做越大，农业合作社的事儿也不少，虽然找人帮忙，但大事小事得有人安排，谁干这活谁干那活得有人管。玲子照顾着爷爷，还要照顾小孩，天天没有歇脚的空儿。大姑过来要接爷爷走，爷爷说："我有儿有孙的，去你家干啥。"后来他身体好了点儿，对我说："我要进城。"爷爷其实不喜欢进城，在城里干啥都不方便，小叔家的房子三室一厅，家里有两个孩子。去之后，他自己住一间，小婶请假照护他。这个小婶是小叔再娶的。小叔又托人请医生来复查，说恢复得还不错。小叔把这个消息告诉我，我听了很高兴。小叔在电话里还对我说："你爷爷一天没有照顾孙媳妇，哪能让孙媳妇照顾他？他不想成为一个多余的人。"我知道爷爷喜欢住在家里，那是他的根。他不想住在外面，哪怕城里再好，也不如自家好。

那次我和玲子去城里看他，爷爷说："我要回家，反正我是好了。"我们对爷爷说只是普通的病，没说是肝癌。爷爷一回来，身体可以走动，没事儿就拄着拐杖在地边看。家有一老，如有一宝。爷爷八十了，在村里也算是高寿。村里人知道他回来，都来看他。他乐呵呵地说着话，劲头很足。

三爷在爷爷前面走了，他是到最后才准备的棺材、寿衣，急急忙忙的，合不合身就那样了。爷爷回来后就发愁，他说要准备好棺材。我把事情给小叔说，小叔还专门回来一趟，我们商量，现在身体好好的，准备这干吗，天天对着棺材啥样子，不吉利。爷爷知道后说："我的棺材放我院子里，又不放你院子里。"爷爷举很多个例子，说："现在不时兴了，以前都是提前准备好的，死生都是大事，你们都那么忙，哪有时间给我准备这些东西，还不是花钱让别人买？不如我自己找人做。"

我托人联系了一个老木匠，爷爷不同意。他说："不知根知底，谁知道以后睡得安心不安心。"他自己联系了一家，就是湾柳村的张老三，他开了一辈子棺材铺，方圆十来里的棺材都是在他那里做，便宜得很。我后来才知道爷爷怕花钱，他省一个子孙们就多一个。该死的人还要花活人的钱，他心里过意不去。

为适应农场生产的需要，我又搭了间两层的彩钢瓦活动房，上面五间下面五间，还要申请市级示范性农场，前后投资一百多万。村里人说："你看人家蛋儿，干大事呀！"五百亩地的红薯要收，还要联系买家，南方开的价低，说是要粉条。比较了一下，我又投资了二十多万，进了台大型机器打淀粉，那几天没日没夜，二十多个人同上阵，机器轰隆隆地响。还要下粉条，大锅烧起来，屋子里雾气腾腾的，捞粉条，晒粉条，一竿子又一竿子，晒干后就包装、装车，还要忙半个月。

爷爷吃过下的粉条，但他对我说："不好吃，没有我下的好吃。这土咋长出这种味儿的粉条？"爷爷认为里面的粉条不是将军寺村土地的味儿。这是他私下对我说的，他跟别人不这样说，他说："粉条好吃，筋道，咱这地里适合种红薯。"

那段时间，爷爷其实很想和我说话，但我太忙了，吃饭都没有空。他知道我忙,也不上来和我说话,怕打扰我干活。小家伙三岁多了,一扭一扭地走过来,他张开手去抱,小家伙站住,他抱,但抱不动。然后他就一个人看着小家伙笑,乐呵呵的。

爷爷一个人坐在农场里,看大家忙前忙后,后来就走开了。——这是打淀粉的小志说的。小志是大姑家的儿子,没上高中,在厂里帮忙。小志还说:"姥爷在厂里转了一圈,挂着拐棍,也不说话,不知道干啥。"后来爷爷再也没来农场里,爷爷死了。

爷爷不疼也不痒,突然就不吃饭了,喘气困难。玲子来喊我,说:"不好了,爷爷他……"我赶紧从农场里回去,开车把爷爷送到医院,医生检查了一阵子。后来我小叔也来了,他找了医院的一个科室主任,他们检查后,医生劝我们不要治了,对我们说:"准备后事吧。"爷爷回到家,我们劝他说:"没事了,还能活几年。"爷爷说:"快死了,我都看见了,就这命,赚了。"我听了心里不是味儿。

爷爷去世的时候很安详,没有一点儿痛苦。他知道他的时间不多了,就躺在床上,迷迷糊糊的,一会儿喊"蛋儿,蛋儿",一会儿喊"砖儿,砖儿"——我爹的名字,还喊"秀儿,秀儿"——我奶的名字,有时还喊"黄……黄……"我听不太清,但终究不知道是谁了。

爷爷下葬的时候,我找了风水先生,定好了方位,把他埋在奶奶的坟边，这是以前爷爷多次对我说的："你奶一个人在地下那么多年了，不容易呀，我该跟她好好说说话了，给她暖暖脚。"

九

将军寺村原来有三四百人，现在有七百多。将军寺村大了，人们外出打工的多，纷纷吵着去外面挣钱。不少人在城里买房子，结婚后就不回来了，在县城做个小生意。自从我回来办农场后，将军寺村也办了两家养鸡场，规模不小，一家有五六千只鸡，一家有上万只鸡，有两三个帮忙的。后来，村里又开了家伞厂，把伞组装后运到外地。还有一个鱼塘，从地下抽水养鱼，主人家准备开个农家乐，可以钓鱼，还可以吃饭、住宿。还有几家种菜的，往城里送，说是有机蔬菜，价格高了去了。

每到过年，村里就很热闹：北京卖菜的，新疆包地的，广州批发水果的，甘肃种枸杞的，郑州做烩面的，辽宁修天然气管道的，江苏维修空调的，还有捡破烂的、开烧饼铺子的……全国的事情都聚在这里。村里不冷清，人们坐在一起打麻将，看的比玩的多。二层小楼一栋接着一栋盖，每顿饭都有肉，压岁钱一掏就是一百二百的，谁也不会再为一点地边儿小事争吵。

大姑、小姑来我家，我家就是爷爷家，来了有人管饭。

小姑过年来走亲戚，给爷爷烧纸，在坟地大声哭，不愿意走，哭声半个将军寺村都可以听到。小叔出狱后，银行把他开除了，他就自谋职业，他不信自己会饿死。他先是卖房子，二手房过户，跑遍大街小巷。后来在县城卖保险，他的名片一张又一张，也分不清是哪家的，像区域经理、部门经理、顾问，我也不知道他到底代理了几家。在我农场最困难的时候他帮我贷款，他在县城认识不少人，他支持我建农场，请客吃饭花了不少钱，他不给我要一分。他经常回家，也不分时间，想家了就回来。有一天晚上，我们都睡觉了，小叔敲门，问他是不是有啥事。小叔说没事，他在爷爷的屋子里坐上一会儿，摸摸以前的柜子和椅子，对我说："我想爹了。"

大姐、二姐不出去打工了。大姐原来在浙江剥橘子，她说手都泡烂了，一天干十几个小时。二姐和二姐夫在东莞的一家厂里做衣服，女式裤子，厂里提供夫妻宿舍，干了十来年。在外不如在家，她来农场里帮忙，家里的东西随便拿随便吃。玲子做饭，给大姐、二姐，她们不好意思吃，玲子就说："小时候都是你们照顾的，一家人客气啥。"大姐、二姐难为情，大姐偷偷把家里炸的丸子给我家端过来几碗，谁要是欺负小家伙，大姐会跟他拼命。后来，玲子怀二胎的时候，不能见凉水，身体不好，农场里忙，我没时间照顾她，二姐就伺候玲子，饭端到面前，锅碗都不用刷。玲子生了孩子，二姐又伺候月子，二姐说："你不嫌我这个老婆子脏就让我伺候你。"后来，我给二姐两万块钱，二姐说："都是一家人，要啥钱。"

有时候我也想三姐，不知道三姐到底送给谁了。我多方打听过，人们说随她爹到北京了，她好像嫁给了一个当官的，那当官的不老实，嫌弃三姐老实，又背着三姐找了个小三，三姐一个人带个闺女，日子挺苦的。我找过电话号码，拨通，电话里只有一声"喂"，我喊："三姐，三姐。"对方没说话，一阵沉默。以后我再打电话，电话一直通着，但一直没人接。

每天我去农场，跨过将军寺桥。水不多了，将军寺河像裂在田野中的一道伤疤。有几个人在农场里忙碌，黄土地长出了青翠的麦苗，踩在黄土地上，土地松软但有力量，我迈开脚向前走。远处隆起一个个坟头，一个接一个连成一片，那是我的祖坟。将军寺村埋葬了我老太、我爷爷、我奶奶、我爹、我娘、我弟弟，以后还会有小叔、我……这个地方给了我们生命，我们最终又把生命还给这个地方。

爷爷说过，这黄土地待我不薄。我在这里长大，这是我的家，这辈子不走了，我得守着爷爷，守着黄土地。爷爷还说过，我一直深深记得，以后我要埋在将军寺村，埋在爷爷身边，睡在他身边，永远陪着他。我想起爷爷对我说过的话，越想越在理。

"你是黄土地上的孩子，离开土，你蹦跶不了几天。"

"跑的再远也得回来，这是家，是根。"

"干活就有庄稼吃，土地对得起你。"

"你就这命！"

"土生金，饿不死你，你就是黄土命。"

…………

是的，我就这命，黄土命。

最后一只卤鸡

一

他吃饭的时候，老是拿个勺子对着锅喝稀饭，还故意发出"呲溜呲溜"的声音，很陶醉。他说："你错过了最美的风景，真该好好享受一下。"他连喝稀饭都能喝出幸福的味道，仿佛遇到了世上最幸福的事。

他是我的叔叔，我一直特别崇拜的人。这些年，他活得真实、坦然、幸福。不过，尽管他一直在说好好享受生活，可从没真正享受过。叔叔离开将军寺村去煤矿上工作的那些年，是单身一人，怀里总是紧紧地抱着个发黑的矿灯，他出井时直哆嗦，大家弄不明白为何他老是这样。稳定心神后，他总会一只手扶着那副黑框眼镜，另一只手用衣角抹着眼皮子上的煤灰，之后望着远方灰蒙蒙的天空发呆。天上没什么新奇的东西，但他经常这样做，谁劝也不改变。

矿上有一个小卖部，里面经常热热闹闹的，打牌的，买烧酒的，孩子哭，大人闹……矿工们最喜欢来这里，有酒，有烟，有牌，还有女人可以开玩笑。店主叫小莲，三十来岁，比叔叔大不了几岁，目光温暖，嘴唇厚实，皮肤黑得跟煤差不多，大家在煤矿早见惯了黑，黑点也没啥。小莲是个寡妇，带个孩子，三年前她丈夫向外偷运煤时出了车祸，脑袋壳子当场被碾碎了，只剩下小莲一个人照料小卖部。好在矿上人同情她，家里缺少东西总会到她的店里添置，贵不贵也不说，目的是让她赚个小钱。但有时候也欺负她，开她玩笑，荤段子张口就来。

叔叔从不这样，他来小卖部与别人不一样，他不吃不喝，只是到里面坐一坐，静静地，不怎么说话，更不会去开什么玩笑。听到谁开小莲的玩笑，他总是用白眼珠子翻人，还不住地吐痰。他是有脾气的。

叔叔从将军寺村到煤矿当工人时才二十二岁，他上过几年学，略识得几个字皮子。矿上老辈人说，当时小莲看上了叔叔，还主动找一个有威望的女干部去撮合，彩礼可以一分不要，只要人过来就行。只是叔叔犹豫了，叔叔当时不想留在煤矿，他想在这里当几年工人挣点钱，然后回老家，再回到黄土地种庄稼，小麦、绿豆、芝麻和红薯，那是他的命根子，再说家里还有老娘等着他。

这些都是父亲后来告诉我的。父亲说："你看你叔叔，咋这样呀？"不知道父亲是啥意思。我不信叔叔会说这事，本来我想找信来看，父亲说："哪还有？早找不到了。"

这个选择让叔叔付出了代价，矿上好多人不再搭理他，认为叔叔不识抬举。叔叔不信自己的路子只在此，也不信自己只适合下井——说实话，他并不喜欢下井，他老说里面充满危险，怕万一哪天上不来，见不到娘找不到家。矿上人不搭理叔叔，但他并没有消沉下去，而是找到了另一条"阳光大道"——我好像说过他活得真实、坦然、幸福。

叔叔在煤矿上碰了一鼻子灰，但火车站反而成了他的另一个福地。火车站离煤矿有六七里路，说不上大，但一直转运煤，有时也有客运列车经过，那里算得上热闹。叔叔没事时就到火车站走走，打发时间，也可以说是放松心情。如果下井没班了，他就早上出去到车站走走看看，晚上才披着星光回到矿上，边走边哼小曲，不像其他工友只是打牌喝酒抽烟吹牛皮。这样的日子过了有五六年，我不知道叔叔是如何熬过来的。

后来叔叔在火车站认识了我的婶子，她是列车员，有点文化。小时候，我见过婶子的照片，是叔叔寄来的。婶子头发乌黑，比锅底灰还要黑，笑起来甜滋滋的，只是年龄略显大些。我不知道婶子相中了叔叔哪一点，她竟然安心留在煤矿，嫁给了叔叔。长大了解情况后，我一直感觉叔叔配不上婶子。婶子是城里人，个儿不低，腰细，长头发到腰，笑起来还有小酒窝，她咋就看上叔叔了呢？我至今也想不明白。

叔叔是从我弟弟矿矿出生的第二年彻底改变的。那时家里穷，矿矿出生后，婶子奶水严重不足，叔叔要更加辛苦挣钱买奶粉。他突然意识到自己原来如此穷，除了每月煤矿上发的那几个小钱，再没多余的钱，而花钱的地方一个接着一个，这成了他最头疼的事。他不再一个人出去闲逛，下井的时间更长了，有时候轮到他休息，他仍主动要求加班，婶子知道，叔叔这样做只是为了多挣点钱。可叔叔的努力好像无济于事，家庭的状况并没有什么改变。

有一次井下出了事故，听说是瓦斯爆炸了，好像还死了人。婶子抱着矿矿在井口整整等了一夜，她像疯子一样嗷嗷直哭，矿矿蜷缩在婶子的怀抱中，又冷又饿，吓得也跟着哭起来。第二天黎明时，满是血迹的叔叔被找到了，他躺在担架上，耷拉着头，不讲一句话，黑色的煤灰掩着叔叔的眼睛，身上的血也变成了黑色。婶子以为叔叔死了，一下子晕了过去。好在叔叔被抢救过来了，只是断了右手小拇指，血不是叔叔的，而是工友的。从此，叔叔对下井充满了阴影，经常魂不守舍的，婶子就劝他："别下井了！"叔叔默默不语，开始抽起劣质烟，烟叶味儿难闻死了——对了，忘了告诉你，叔叔自从断了小拇指后就学会了吸烟。

叔叔不知道从哪里得到一个消息：工伤可领到一笔抚恤金。他到处找领导。矿上的领导嫌叔叔事儿多，一看见叔叔就不耐烦地说:"不就是断了根手指头吗?又不挡吃挡喝,别这么多事!"后来领导就直接躲着叔叔。为这事,叔叔不少作难,有时候赖在领导家里不走,磨破了嘴。矿矿三岁时的一个雨夜,天黑得要命,叔叔回来很晚,浑身湿漉漉的,身上还有不少泥巴,像落在水中的老母鸡,额头上还多了一道伤疤。他一到家中就像个孩子似的跳起来,兴奋地对婶子说:"孩儿他妈,你想听好消息还是坏消息?"

水顺着屋顶啪嗒啪嗒滴下来,地上的水印子像画的世界地图一样,一块一块的。外面下大雨,屋里下小雨。婶子哄矿矿睡,望着叔叔,不耐烦地说:"别卖关子了,有话快说。"她拿过来一条毛巾,叔叔接过开始擦头发,擦了一半,停住,说:"你要有心理准备。"婶子正喂矿矿,手好像顿了一下,变得不利索了,矿矿不高兴,哭了两声。叔叔接着说:"好消息是矿上补了一笔钱。"说着,叔叔把一沓钱放在桌子上。

婶子看都没看钱,说:"那坏消息呢?"

"坏消息是以后不让我下井了,矿上没我这个人了。"

婶子的脸拧巴了一下,颤抖着舒展开,没有什么特别大的表情。末了,她只是淡淡地说了句:"哦,这样好,这样也好,我们娘俩再也不用提心吊胆了,天天担心你个死鬼,心里难受哩!"婶子看见叔叔的额头上多了道长长的血口子,像只被砸扁的蚯蚓趴在上面,就问他:"你头咋了?"叔叔没说话,转身进里屋换衣服去了,他身后是一地的水珠子。婶子又问了一遍,依然没有回应。

第二天,叔叔依然起得很早,可出去一会儿就回来了,被人家赶回来了。他不能再到矿上上班了。他一下子成了没事干的人。他在矿井外看忙着上下井的工人,静静地看大家穿着工服,戴着帽子和矿灯,面无表情地进巷道。叔叔闲得有点不适应,也觉得无聊,对于这一点,当然也有人羡慕。在外溜达一天,叔叔回家就躺在床上睡觉,婶子很生气,劝叔叔找点事做。叔叔抬杠说:"我能干啥?"是啊,能干啥呢?婶子的话深深击痛了叔叔的心。

婶子抱着弟弟去了一趟火车站,见了几个以前的老同事。婶子笑起来是很好看的,就像开在煤塘边的白莲花,只是她不在家里笑,更不给叔叔笑。在火车站转了一圈又一圈,婶子一直在观察,有时候与卖东西的人交流,有时候与下车的人聊天。过了一天,她又去了火车站,晚上回来对叔叔说:"咱们卖茶鸡蛋吧。"婶子声音不大,但很坚定,她见多识广,到过不少地方,肯定了解到卖茶鸡蛋可以赚钱。如果家里没钱了,矿上的人就拿鸡蛋去小莲的小卖部换东西吃。那时候,弟弟矿矿经常见邻居张小三偷自家的鸡蛋,有时也顺便偷别家的,换几块糖或方便面,所以张小三经常挨父母的打。

婶子与叔叔商量做生意,这事儿叔叔死活不同意。叔叔的头摇得像个拨浪鼓,矿上有小莲的小卖部,顶生意的事显得不地道。再说,他没卖过茶鸡蛋,做生意对他来说还真有点困难，这不像下井干活，不是有力气有技术就能办成的。卖茶鸡蛋可不像下井，复杂得多，你想呀，你得让别人把钱掏出来塞你兜里。婶子见叔叔不愿意，手紧紧地抱着矿矿，用力咬咬牙，声音憋得像焖锅里的鞭炮响："要么赚钱，要么赔钱，有啥大不了的，总比啥也不干强，比饿死强。"叔叔思量了一夜，这个失去一个小拇指、被金钱击碎尊严的男人最终同意了。

卖茶鸡蛋，这是一条不错的路子。

二

言归正传，其实我要讲的并不是以上内容，而是幸福的种子。如果我没有故弄玄虚，这个故事的开头该是这样的：当我一个人坐在家里，打开电脑浏览新闻时，看到一个卖卤鸡的老板被查了的新闻，因为他用的鸡是冻鸡；然后讲叔叔养鸡、卤鸡的经历，还要告诉你这些故事我是如何从父亲那儿听说的，弟弟又是如何给我复述这个故事，我又是如何写成小说的。当然，这要贯穿叔叔的一生。选用合适的叙述视角，有父亲讲述的，有叔叔告诉我的，还有弟弟矿矿说的，最后写叔叔如何获得幸福的生活，幸福的种子这个主题也就出来了……这时我还要特意解释，幸福的种子当然先从叔叔卖茶鸡蛋开始。

现在想想，在煤矿上那几年，生活确实很穷很苦，婶子让叔叔卖茶鸡蛋也是没办法的办法，都是被生活逼的。不过，从此叔叔变了,他开始关心起鸡蛋,知道如何用鸡蛋赚钱,后来他还练就了一个本领,拿上几个鸡蛋就能说出有多重,有人不信,试过之后的确如此,一点儿也不差。

生活中好多事情总是事与愿违,卖茶鸡蛋让人充满希望,但生活中的绝望总是不期而至。叔叔把握不住行情,进的鸡蛋价格高,卖的鸡蛋价格低,这还不包括运输过程中烂壳的鸡蛋,这些都是本钱。半年之后,叔叔不但没赚钱,反而搭进去不少。叔叔的抚恤金快花完的时候,矿上发生了一件事:张大娘家的老母鸡丢了,老母鸡在破屋里被找到时已经下了三个鸡蛋。这一下子使叔叔产生了养鸡的灵感。当叔叔把养鸡的计划向别人说时,大家不住地嘲笑他,没一个人看好。有人说:"这里是煤矿,不适合养鸡。"叔叔的内心开始动摇。

女人总是能让男人雄心勃勃!婶子不知道跟叔叔说了什么,叔叔憋足了劲儿,下定决心养鸡!那一年,我记得很清楚,父亲背着母亲,带着我到镇上的邮局给叔叔汇款,整整五百块。为了堵住我的嘴,父亲特意给我买了烧饼。听说叔叔找了一座荒山,圈起来,还特意去考察,从外地进了批罗曼鸡,大概有一千只。鸡自己跑着找食吃,下的鸡蛋不是特别大,但味道吃起来不错,颜色也好看。有些人还专门从方圆十里外过来,一买就是几十个,生意说不上好,倒也能赚上几个辛苦钱。

一次别人来收鸡蛋时,叔叔发现了一件怪事,有些蛋是双黄蛋,比鹅蛋小不了多少,这样的鸡蛋价钱卖得高,所以叔叔就按个儿一个一个地卖。一次孵化小鸡,竟然有只三条腿的,遗憾的是小鸡死了。叔叔舍不得丢掉,就把小鸡放进一个大罐头瓶里,倒两瓶酒进去,做成药酒,药酒是黄褐色的。他不知道怎么想的,认为这只小鸡会让他发财,说不定会有人来高价购买。他到处宣传这件事,说那药酒对身体好,大补,希望能获得些实质性的利益。但是,这事并没给他带来什么好运,先是有人说他骗人,后来还有人说他是神经病,怎么会有三条腿的小鸡呢?净说胡话。——当然,这不是当着他的面儿说的。叔叔为此还浪费了两瓶酒,害得他那段时间提起这事就头疼,吃亏了。叔叔最后得到婶子一句评价:"就你,笨得像头猪,你以为你是猴精呀?!"

弟弟矿矿不止一次对我说,那时候叔叔偶尔会抱着他到小卖部去。叔叔不只是去买烟。小莲一见他们来,大老远就很热情地招呼:"来了?坐!"叔叔没坐,冷冷地说:"来包烟。"这不是他真实的想法,想去,去了又不知道说啥、做啥,感觉像多余的。小卖部里的人慢慢多起来,叔叔拿上烟抱着矿矿走了。矿矿趴在叔叔的肩上向后望,看见小莲紧紧地盯着他们。到家了,婶子厉声问弟弟:"你死到哪里去了?"婶子好像不是对弟弟发脾气的,她脾气好,怎么会对弟弟发火呢?叔叔只是低着头,什么也不说。

婶子煮茶鸡蛋是下了功夫的,矿上煤灰多,她用塑料薄膜在鸡蛋上盖了一层,谁来买的时候掀开,卫生极了,矿上人不太干净，也没法干净，但都喜欢干净。鸡蛋除了卖给城里人加工成蛋糕，也可以做茶鸡蛋、鸡蛋灌饼。婶子会做鸡蛋灌饼，每天早上忙活着，下井或上井的工人时间紧，大多数会买上一个，边走边吃。婶子还准备了白开水，谁愿喝多少就喝多少，反正水也不值钱。小莲早就看不惯婶子这样了，免费的白开水影响了她家的矿泉水生意。两个女人之间的战争说起来就起来了，刚开始只是翻翻眼、吐吐痰，指桑骂槐，后来两人就直接对骂起来。

两人的骂架引起了极大的轰动，还惊动了矿上的领导，最后婶子同意每碗白开水收点钱，小莲才停止。小莲也遭到人们的白眼，但是大家能理解，小莲没了丈夫，孤儿寡母的，也怪可怜，不容易。那年头，谁不是为了讨口饭吃呢？

叔叔一定听到了两个女人的吵架声，可是他不劝，也没有加入吵架的行列。他一个人冷静地坐在家里，像尊刻好的石像，一动不动。天黑透了，婶子骂累了，他才走到外面喊婶子："回家吧。"婶子就跟着叔叔回来，外面是疲惫的黑夜。

养鸡养了一段时间后，叔叔发现有些鸡不知道被什么东西咬死了，这些鸡还没有下蛋，白搭饲料了。婶子脾气变得古怪："都怪那死寡妇！"叔叔无语，默默地去了一趟县城，发现一家卤鸡店收死鸡——他们竟然把这些死鸡加工成卤鸡。叔叔偷偷观察和学习加工卤鸡的技术，主动和老板聊天，盯着他们配料，如何放花椒，如何加葱姜，如何把握火候。在卤鸡店，他总会多待上一会儿。

回到家，叔叔就开始试验起来，慢慢地，就掌握了卤鸡的诀窍。卤鸡是奢侈品，以前矿上人还真是很少吃卤鸡，因为价格太贵，一般家庭买不起，但利润空间也大。叔叔对婶子说："咱们开烧鸡店，卖烧鸡。"叔叔的卤鸡价格不贵，也卖鸡头、凤爪、鸡肝和鸡胗等。卤鸡店开张后，早上没有时间做鸡蛋灌饼了。

没有卖过卤鸡的人不会懂得其中的困难，如果要讲出来，能说上三天三夜。比如，卤多少只鸡合适？少了不够卖，多了无法存放，尤其是天热的时候，卤鸡第二天就变味儿了。在这条路上，他们一直在摸索。叔叔对婶子说："咱们只做卤鸡，单打一，不卖饮料。"婶子没说话，叔叔知道她同意了，因为这对小莲的小卖部没有构成威胁。婶子心里明白，这也是在间接给小莲拉生意，吃卤鸡就啤酒是标配，但她没有点透。

那段时间，理想让叔叔变成了一只特别能战斗的大公鸡，他高昂着头，浑身有使不完的劲儿，有时一个人还要喝点小酒，走路还忍不住唱上几句。他手艺不笨，卤鸡做得有模有样，矿上吃的人还真不少，有时候还要提前预订。不过叔叔不收死鸡，除非知根知底，人吃的东西，万一吃坏了身体怎么办？

叔叔是挣了不少钱的，到底挣了多少，矿矿不知道。他经常见婶子在夜里悄悄地数钱，一遍又一遍，一毛、两毛、一块、两块，一把又一把，厚厚的一沓。婶子把钱放在枕头下面，只有这样,她心里才踏实些。有时候婶子还特意嘱咐矿矿:"你可别说咱家有钱!谁问也不要说!"听得矿矿一愣一愣的。婶子一直教育矿矿要说实话,这次不知道为何,不让说了。也就是在那一年,妹妹出生了,家里又增添了不少热闹。

自从开了卤鸡店,弟弟就没少过嘴瘾,没事就抱个鸡腿儿啃,可他也没怎么变胖,瘦得照样像秫秸秆儿一样,有小朋友就嘲笑他:"好东西都白吃了。"

正当一切都往好的方向发展时,一天夜里,家里的卤鸡店却着火了,熊熊烈火噼里啪啦燃烧起来,惊动了矿上的人,矿矿和妹妹都吓哭了。在火灾面前,矿友们一下子团结起来了,他们急忙冲上街头救火。叔叔没喊一个人,然而大家都纷纷找来水桶、脸盆接水救火,没人看笑话,没人幸灾乐祸。叔叔愣在大火前,红彤彤的火苗照着他黝黑的脸,把他的内心早烤焦了。他耷拉着头,像只死鸡子。婶子哭得天昏地暗,像失去了一切的疯子,这一把火彻底烧坏了她的人生,卤鸡店有太多她对生活的幻想和期待,可这些缤纷美好的色彩如今一下子没有了。

火苗向小莲的小卖部窜的时候,叔叔竟然加入了救火队伍,他仿佛打了鸡血一般,冲进去,哇哇地喊叫着。火情最终还是被控制住了,不过卤鸡店没了,一股股黑烟像老人喘气一般,在风中飘来荡去。

面对熏黑的墙壁、散乱的瓦砾,叔叔就像坐在烂西瓜上,有气无力地说:"完了,什么都完了。"他哭得像个孩子,仿佛做了一场梦,现在醒了。叔叔高大的形象在我眼里变得模糊,原来他竟然会哭,也会流泪,在这之前我是无论如何也不敢想的。那时,他满脸泪水,好像还发烧了,浑身冒着虚汗。婶子在叔叔身边,叽里咕噜地说着什么,矿矿听不太懂,但他知道那不是责备,更不是埋怨。

那一天,叔叔输了,输了一场人生的精彩。矿矿看到婶子抚摩着叔叔的头,叔叔开始倒在婶子的怀里哭泣。矿矿本不想看那一幕,那天夜里他一直在床上翻身,嘴里的唾沫咽了一次又一次,假装自己睡着了。窗外风平夜静,树叶显得温柔极了,黑夜如趴在地上的煤一样,很快掩盖了一切。

小莲的小卖部基本没有受损,还可以继续开下去,她的生计有了着落。是谁纵的火,直到现在都没有调查出来。按理说,叔叔卤鸡店里的安全还是有保障的,消防队的人还专门去看过,叔叔也重视消防安全。过了段时间,再也没有人关注火灾了,卤鸡店如何着火倒成了一个谜。

卤鸡店没了,但并不是一切都没了,只要生命还在,生活就要继续。事实上,叔叔并不是轻易言败的人,他像个瘾君子一样继续卖卤鸡。叔叔在火灾第二天醒来的时候,卤鸡的劲头依然很大,就像一头刚吃饱的牛犊子,矿矿甚至都怀疑昨天的火灾是否真实发生过。婶子宽慰叔叔,依然是曾经的声调:"不就是赔了点钱嘛,不算个啥事!"婶子抚摩着矿矿的头发,把他搂在怀里，很温暖。她在卤鸡店着火时的状态和宽慰叔叔时的样子简直像两个人。不管叔叔接受不接受，经历这件事后，叔叔明显变老了，刚过四十岁的他，倒像个五十岁的小老头。

叔叔开始重新思考人生。生活还要继续，绝不能就这样停止不前。叔叔口中的香烟没了，平日的小酒没了，穷日子又开始了，不过没关系，谁也不比谁好到哪里去。很长一段时间，叔叔一家的生活都很拮据，即使过年，也没吃过肉，但能感到家里有一种幸福的滋味，大家好像商量好一样，谁也没有嫌弃过家穷。尤其是婶子，从来不嫌生活条件差，穷日子里，她总能把简单的生活变得多彩起来。

时间真的能改变一切的不可能。后来，叔叔所欠的钱好像一直无法还清，不过这也没有什么大不了的。"你得相信我，说不定是件好事呢？"婶子说。他们到处借钱，看准了的事情就要做。慢慢地，叔叔又在废墟上搭建起了棚子，他说要重操旧业，他不相信自己做什么事情都失败。婶子依然支持叔叔："要么赚钱，要么赔钱，有啥大不了的。"好像从一开始，婶子都没有埋怨过叔叔。

叔叔的卤鸡店又要开业了。那天，叔叔放了一挂长鞭炮，还请来了锣鼓队，敲得咚咚直响，引得矿上的人都来看热闹，许多小伙伴没等炮停就撅着屁股去捡。煤矿上的一个领导也来了，他最喜欢吃叔叔做的卤鸡。以前和叔叔关系不错的几个工友也过来庆祝，送上了花篮，小店里热闹起来了。小莲端来了一筐子鲜亮鲜亮的鸡蛋,足足有四十个,还拿了一瓶好酒——叔叔以前最爱喝的光肚子瓶酒。婶子没说话,连谢谢都没说,而是紧紧地握住小莲的手,像亲人一样。

这次卤鸡店开张后,叔叔又加了些新花样,不仅卖卤鸡,还卖起了烩面,各种热菜和凉菜,生意慢慢好起来了。但店里有一个规矩,那就是从不卖酒水。如果有客人要酒或水,婶子总会说:"隔壁小卖部有。"客人说:"你们怎么不卖酒?很赚钱的。"婶子笑笑,继续忙活着,没说话。

说实话,婶子给我讲这些的时候脸上全是自豪,这些年的日子虽坎坷,但也很幸福。她说:"我早忘了他少根手指头的事,包括矿上的人,其实谁也没在意他少了根手指头,大家都知道他卤鸡的手艺好,在乎的是他的技艺。"叔叔那双宽大的手掌力大无比,把弟弟送入大学,让他离开煤矿,开启全新的幸福生活。

三

弟弟离开煤矿上大学那年,我已经参加工作。父亲专门让我请假带他去给弟弟庆祝一下,这也是父亲第一次离开将军寺村,我觉得他是想给看他兄弟找个合适的理由。我们坐火车,转汽车,花了五六个小时,本来下午就能到,但路上堵车,到达时已是晚上了。

叔叔找辆三轮车来接我们，我看见叔叔的腰微微地向前倾，头上竟然有了白发——他早就不像照片上那样青涩、年轻了，叔叔老了！我内心不免感到一阵凄凉，忍不住搂紧了叔叔的腰。叔叔回头看了看我，也不说话，只是用力蹬了蹬车。父亲自始至终没有和叔叔说话，他怪叔叔定居在外地，用奶奶的话说，家里少了一门子。

那天晚上，父亲和叔叔聊了很多，声音一会儿大一会儿小，吵得我没有睡着。也就是在那天晚上，我听到了叔叔更多的故事。

第二天中午，弟弟带我到煤矿上玩。煤矿上依然有灰尘，空气中有难闻的烟味，天空灰蒙蒙的，像蒙上了一层纱，我的眼镜片上落了一层颗粒物。远处的矿山上尽管种了树，但成活率极低，听说正在采用新方法还林，大片的林地还没有形成。现在煤矿开采难度大，因为政府限制采煤了，黑金的时代过去了，国家正提倡节能减排。路上我们谈起叔叔，在弟弟眼中，叔叔就是个英雄，幸福的英雄。中午快回来的时候，我们经过一个小卖部，小卖部不太起眼，紧闭着掉漆的铁门，铁门上有张纸片在风中忽扇着，风就是吹不掉。弟弟看我入神，拍了拍我："想啥哩？走，回家吃饭了。"

家里早就准备好了一桌子菜，满满的，欢迎我们大老远来，也庆祝弟弟考上大学。婶子对妹妹说："喊你莲婶去，又不是外人，今天必须吃得劲。"妹妹准备去喊莲婶，弟弟说："她不在家,应该是去城里找儿子了。"婶子说:"哦,对了,昨天刚走的。她儿子在城里当老师,都结婚了,儿媳妇很孝顺,两人像母女一样亲。莲婶操了一辈子心,也该歇歇了。"叔叔欢喜地拿出放在柜子中的好酒,坐在桌子前静静地等待——那是一瓶光肚子瓶酒。

叔叔打开酒瓶,倒满,端起来,一抬头,酒已经完全下肚。一杯接着一杯,他没有停下来。父亲也是一样。最后叔叔满眼泪花,说:"这酒真辣!"后来,他就开始哭:"那次为了要抚恤金,我一头撞到桌子上了,我没有害怕,大不了一死,可不能委屈你们娘俩。现在生活好了,孩子你要争气,要幸福,要对她好。"

父亲陪叔叔喝酒,一杯接着一杯,两人像比赛一样。父亲知道叔叔这些年不容易,感情都在酒里了。叔叔满嘴胡话,后来说得我们都听不清楚了。叔叔没说那个"她"是谁,谁都没敢深问。

听着叔叔发癔症般的话,婶子没有插嘴,父亲没有插嘴,弟弟矿矿也没有插嘴,我只是呆呆地望着桌子上的卤鸡。桌子上,一只卤鸡张着嘴巴,黄澄澄香喷喷的,仿佛要把整个世界吃掉。那是叔叔亲手做的,他好几年没做卤鸡了。

听婶子说,那天从早上开始,叔叔就忙碌起来了,他的徒弟站在一边静静地看着。叔叔不让徒弟帮忙,碰都不让碰一下。现在叔叔教出了很多个徒弟,徒弟也教出了徒弟。叔叔在锅中注入适量清水，烧开，放入鸡，开始氽煮，煮熟之后又捞出来。用油起锅，倒入冰糖，冰糖慢慢熔化后，放入花椒、八角、茴香籽和老抽等，将葱、姜、香油、盐等辅料倒入锅中。叔叔在锅边守着，一个多小时，他一直静静地守着，一步也没离开。最后，叔叔把鸡捞出装盘，鸡黄澄澄的，整条大街都飘满了香味。这是叔叔做的最后一只卤鸡。

在矿区谁不知道孙氏卤鸡好吃呢？但再也没有人吃过叔叔亲手做的卤鸡，现在能买到的孙氏卤鸡全是他徒弟做的。

三人行

一

自从奶奶去世后,父亲的情况就不太好,他老对我说身体出了毛病,总感觉身后站着一个人要拿走他的魂似的。接父亲来县城住,他待不了多长时间就吵闹着要回老家去,说住在县城里不像住在家自在。我对他说:"老家离县城不远,想家可以经常回去看看。"父亲说:"那不一样,老家到底是家,现在这个'笼子'怎么是家呢?"母亲也说:"在家安心,我在县城里就头疼,想出去走也不熟悉,好迷路。"为了让他们在这里定下心,我决定清明时带着父母去旅游,没想到,母亲的膝盖有"积水",腿疼得厉害,走起路来像针扎肉一样疼。我陪她到医院拍片子、拿药,又托人找偏方,效果总不太好,母亲走路依然不利索。我们家在五楼住，这下没得商量了，二老说啥也要回老家。

他们回去后，每次我打电话询问他们的身体状况，他们都像在宽慰我，说不碍事。相反，母亲总是挂念我们，时时提醒我注意孩子的喜好，不住地问孩子的情况，说：孩子喜欢吃寿司，学校西十字路那家量大还便宜；炒米时多放点包菜，孩子喜欢吃，番茄不能少；下面条时要下豆角，孩子喜欢吃，千万不要下鸡蛋，他不爱吃，还经常说鸡蛋里有生命。聊完孩子，母亲说起家里的老宅，前段时间没在家，树被别人砍掉卖了，地边的砖头被偷走了，家门口的石磙不见了。接着就开始说村里的情况，现在随礼都变大了，以前是五十元，现在是一百元、二百元。后来她又聊起亲戚的情况：三舅家的生意还不错，三个孩子都争气，三舅像个陀螺一样闲不住；二妗子没事时去农场帮帮忙，一天六十块钱，就是太累，身体吃不消；姨家最小的孩子上高中了，是重点高中。

父亲却从不说这些，他告诉我，现在村里正搞乡村振兴，准备建个鱼塘，他打算投资一点。我笑了："你从哪儿弄钱呢？"

"别小看我这个老家伙，我还有点儿。"父亲说。

"就你那点钱？"我反问他。

"你怎么不支持我？我死了又不带走，到时候还不是留给你？你现在挣不到钱，到我这个年龄就知道了。"父亲很不满，"你看看，村里的新人一个个都起来了，我们这样的老家伙慢慢都走了，西天取经去了。你知道你姜老师吧？"

"知道。"

"他现在不开辅导班了，生活不错，原来在一家私立学校代课，现在身体不行了，人一上七十，由不得自己了，说到底，最重要的还是身体。"

母亲的腿还是没好，我回老家给母亲送药。我一般是白天上班，趁晚上有时间回去，这样还可以在老家住上一晚。那天晚上在街上走，看见大街上坐着一群人，其中就有姜老师，他问我："你怎么现在这个点儿回来了？"将军寺村的人觉得，不逢年也不过节的，应该好好在外工作才是。

"给俺娘送点药。"

"还是家近了好，想回来就回来。孩子再有本事，还是得留在身边。"姜老师说。

我细看，李老师、张大牙，还有几个上年纪的都在。人一上了年纪，能干点啥呢？无非是聚在一起说说话，找点事干。享福不享福，得看心情。

坦白地说，我能走出将军寺村，少不了他们当中几个人的教育，我上小学时他们当中有几个人教过我。现在他们年纪大了，经常聚在一起聊天。别看张大牙的闺女飞得高，出国了，有啥用？再好也是人家的，外国的一切都像水中月。张大牙、李老师、姜老师，这几个人本来还在瞎扯，现在都转向了我。

"孩子都有五六岁了吧？"

"你比那时候胖了！"

……………

也许真像父亲说的那样，等我老的那一天，真不知道会是啥样呢。

二

张大牙，本名叫张胜利，他的门牙比较大，突出嘴唇外，这外号喊着形象也顺口。人们常喊他"老师儿"，并不是因为他教学，将军寺村的人喊懂手艺的师傅为"老师儿"。

他老爹做木工，是匠人，但他喜欢与老爹对着干，不喜欢木工，喜欢修理收音机。他家里的条件不错，本可以继续上学，但他爱睡觉，一听课就睡觉，又懒，不想学习，爱摆弄东西，先是摆弄玩具，后来是摆弄家里的收音机、录音机，又加上他不知道在哪里偷看了几本书，感觉自己本领大了，是行家，就不知天高地厚，把物件拆了卸、卸了拆，摆弄来摆弄去。他爹让他学木工，让他拿锯，他故意把锯条弄断；让他拿墨斗，他把里面的墨线使劲儿往外拽，线轴子都扯出来了。他自己弄了个箱子放在自行车后座上，箱子里装有烙铁、喇叭、电线等大大小小的工具和零件。谁家的收音机坏了，喇叭不响、换台没声、电波刺啦响等，都可以找他，人家称呼他"老师儿"，他喜欢别人这样叫他。我很少见他修理好过收音机，相反，他有不少吸铁石，我每次去找他要，他都给，我就用吸铁石吸铁渣子，吸了不少。

后来，张大牙经常在四外村庄转悠，"骗"了不少钱，仗着有几个钱到处吃喝，慢慢地，尾巴尖儿撅到天上了。村里人没有谁喜欢这样的。坦白讲，他家庭条件还不错，却没有讨到老婆。当时父亲想给他撮合，可他没个正行，不去见面。村里人说这是报应，老天哪能让你都好？有次修理录音机，他修坏了，人家让他赔，他处处喊着没钱，人家认为他装赖，打了他一顿。当时看笑话的是李老师，还有姜老师，他们年龄大小差不多，看不惯张大牙的作为。

不知道咋回事，张大牙的眼睛看什么都糊糊的，有人说是焊东西时铁屑溅到眼里了，有人说他命该如此，还讽刺道："这张老师儿真是开了眼了。"把挣到的钱都花光，还搭上了一些积蓄，但眼睛也没看好。这下，有人开始同情他了。

张大牙的眼睛没瞎，就是看不太清。他老爹说他："让你乖乖地跟着我做木工，你不干，以后别瞎跑了，咱家还有几亩地。"他依然不愿意，继续修小家电。他不信命，不想让别人安排自己的生活，开始一个人闯荡，倒腾过化肥，卖过番茄。他一直想着与父母对抗，却忽略了成家立业：结不结婚是大事，你再有钱，没有老婆，成不了家，在别人面前总要低一头。但直到现在，他都没有安定下来。

张大牙喜欢上喝酒了。酒是个好东西，一沉醉其中什么都忘了。半夜醒来，一个人面对着空空的房间，才知道什么是孤独。他已经四十多岁了，开始伪装自己，装得好像对成家这件事一点也不在乎，觉得只有这样才能找到一点安慰。一个人到了如此境地，没人诉说，更没有人去帮助他。

村里有个在外地跑生意的，开车时出了人命，那家的女人经常来找张大牙修理东西，也是图省钱。时候一长，那家的孩子喜欢得不得了。慢慢地，女人给他做个饭，有时候就不回去了。张大牙的老爹就明白了，张罗着给他们成了家。果然，婚后的日子还幸福。人们说，这小子有福了，生活不错。有了女人，他全身充满力量，生活开始有了方向，生意也慢慢有了起色。怕别人欺负孩子，他就在镇上开了个修理铺，干起了老本行，成了镇里的人。

孩子争气，成绩好，女人也是个过日子的，从不糊弄。慢慢地，他的日子红火起来了。将军寺村的人后来去看他，回来都说羡慕他。人们以前笑话他，现在不笑话了，还流露出一种羡慕的眼光。但谁也不知道他受的苦，钱没少挣，却从不经他的手，全由女人管着。后来，女人不知道怎么地，就与一个理发的跑了，把钱也一下子带走了，他成了穷光蛋。李老师专门去劝过他，张大牙说："你别可怜我，我没事。"他好像把心思都放在孩子身上了，孩子上学需要钱，他就一点点攒，依然闲不住，并没有废掉。

孩子考上大学留在了大城市，他给了一笔钱让买房子，自己把镇上的修理铺卖了,回到村里。他什么都没有了。孩子接他去享两天清福,他不去,偏喜欢在将军寺村待。

"家好。"他吸了一口烟。现在只有他还在吸烟,就这一个爱好,烟也不贵,帝豪。

李老师打趣他:"张老师儿,你不是把钱都给孩子了吗?这在哪里弄的钱?"

"嘿嘿嘿。"张老师儿不说话,笑笑,默默地吐了一口烟圈。

李老师听了,"哦"了一声,头转向了一边,看几只蚂蚁慢悠悠地爬树。

三

将军寺村的人都说,李老师这家伙脑筋活,是个猴精,但大家都不想成为他那样的人。与他打过交道的人都知道,他比鬼的心眼都多,可谁见过鬼呢?都没见过。当老师可是个香事,谁也不想让他干,毕竟这好事怎么也轮不到他头上。可天旱时他去给村主任浇地,天天在人家屁股后面跟着;又与校长走得近,不知道咋拐的关系,他七扯八拉地喊校长为表爷,这个称呼到哪里都喊得响当当的,一点没有难为情。后来,他就当了老师。

他教我时,教唱歌,也教语文。黑板的"黑"字的读音,他教成了"xie",瞧着黑板,黑板的"xie",这音就不准,直到后来我考普通话水平等级测试证书时还没完全改掉,这都是李老师的"功劳"。小学时跟着他,我也学不了多少东西。他带我们去玩,到庄稼地里抓蚱蜢,到河里捉鱼。总之,只要是不与学习沾边的事儿,他总弄得挺好。他留着小分头,村里的啥事他都掺和,还像回事儿似的指指点点。他不怎么爱读书,水平比姜老师差多了,但好像没有他不知道的事儿,大到中央领导人的一些事,小到四外村的亲戚关系,他比谁都了解,大家也喜欢听他胡扯。考试一排名,班级在年级的成绩排名中倒数第一,这不要紧,因为记住他的学生不少,跟他都亲。但家长不这样,烦,还是想让孩子成才。

李老师最"出名"的是他的为人。他只要沾上你,非得从你身上刮摸点啥。看见你吃饭,他也坐在那里,要了东一碗西一碗的,吃饭的时候喊着去付账,他一站起来,别人也抢着付钱,然而他却坐下了,还不好意思地说下次再付。父亲有次赶集,他趁着车到集上买东西,父亲买什么,他也买什么,要付钱时他却对父亲说:"你先给我垫上,我回去给你。"但直到今天,李老师再也没提过借钱那门子事。不过,这都是小钱,也没人跟他计较,可次数多了,就有人烦了。他这次在这个人身上搜刮点,下次在那个人身上占点便宜,谁吃了他的招儿,都不再跟他来往。大家虽然嘴里不说,见面还打招呼,但心里不一样了,都瞧不起这号人。

这家伙脸皮厚,这点不得不佩服他,真的。脸皮壮,吃得胖,村里不止一个人这样说。像往常一样，他见村里哪个地方的人多，就往哪里钻，从来没有不好意思过。他到张大牙家修理收音机，给张大牙要点电线，最初张大牙也没有在意，给了他；后来又要螺丝钉，不给还不行，好像你有啥东西就得给他一样。

张大牙烦了，反问他："你家有钱，怎么不给我呀？"

"我有钱为啥要给你？"李老师的脸憋得通红。

"那我有线为啥给你？"

"你……你……简直不可理喻！"李老师憋了半天喊出来这几个字。

这件事反而成了李老师到处说张大牙不是的把柄，他认为张大牙教养有问题，人怎么能这样小气？李老师还挺有理，到处去卖张大牙的赖，别人也不明白真相，一听他说得有鼻子有眼的，也觉得张大牙抠门儿。弄得张大牙后来到处解释，拍着胸脯保证，对老天爷发誓，才算消除误会。

不过，将军寺村的人也不傻，你精，咱就不跟你来往。

李老师的老婆杏花是个过日子的人，农村女人大多如此，但李老师对他老婆也一样抠门儿，处处留着心眼儿，两个人一直在较劲儿。有时候因为多点盐还要叮当一阵子，他老婆觉得日子没法过了，一气之下喝了农药，两个眼珠子都突出来了，但她没死成，被抢救过来了。母亲劝她，让她想开点，毕竟路还长着呢。对于这样抠门儿的人，她是真想不开，后来又上吊寻死，也没有死成。当他们从医院回来时，发生了意外，一辆车把她撞了，那司机喝了酒。人们都替杏花感到不值。人家赔了李老师五千块钱，听说李老师拿钱的时候满脸的笑凝成了一朵花，也不管留下的一个闺女。村里人骂他不是个东西，是老不死。

当老师没责任感不行，李老师天天跑着玩，后来有学生家长看不下去，告到校长那里，坚持要求把他开除。姜老师与他深谈过一次，让他安心带学生，这家伙狗咬吕洞宾——不识好人心，说是姜老师告的状。姜老师气得好长时间都不再理李老师。李老师被"下放"到后勤部印刷资料，可资料哪能天天有？但他自己总能找点事干，天天在一旁指挥来指挥去，比校长还多事。起初，人家是可怜他，让他到后勤，给他一碗饭吃，可他不领情，到处刷存在感。本来学校没事，太平，他一去，准要发生点事。父亲专门劝过他，让他少管闲事，给自己留条后路，都是乡里乡亲的，别处处为难人，他不听。

我到镇上上初中后，就再也没有见过他。李老师在村里不受待见，大家当着他的面不说，可他前脚走，大家准会在背后议论他。

再婚后，他还专门摆了几桌，他这样精明的人，才不想失去收礼的机会呢。这种人会张罗事，屁大点的事非要弄得全村人都知道，人们都说他是个"作精"。他到我家找我父母，还专门给我买了本作文书，鼓励我好好考大学，我一看就知道书是在地摊上买的。见我家正喝茶，喝茶就是吃饭的意思，他也不当自个儿是外人："别见外，打个稀饭就可以，我喜欢吃变蛋，多放点蒜瓣子。"母亲气得直咬牙，父亲向她使眼色，他接着说："我本来不想待客了，但别人都说这不好，不给村里人面子，都是乡里乡亲的，你看这弄得我里外不是人。待就待吧，就不让乡亲们随礼了，要不然人家说我。"他这人就爱说漂亮话。临走的时候，他看见我家晒的红薯片子，对我母亲说："嫂子，你家的红薯片子是红瓤的吧，这吃着真甜。"父亲说："小鹏，给你叔找个袋子装点。"他也不客气，装了半袋子，可能感觉有点多了，又掏出来一些："吃不了多少，也就尝个味。"

后来，他又拿上烟让张大牙通知村里人，早忘了他俩以前结下的梁子。他提前交给张大牙一个本子，上面记着一些人的名字。他提着两瓶好酒到姜老师家，说："这事你还要管，谁让你是兄弟！"姜老师的老婆翻白眼珠不搭理他，姜老师只是吸烟，也不说话。"你可不能跟兄弟一般见识，我是粗人，以前做不到的，你体谅一下。都过去了，谁让咱是兄弟呢？"说着身子还往姜老师身上靠了靠，用胳膊肘子不住地碰他，像关系很好的样子。

李老师走的时候，看见搭在院子里的几瓣子蒜，一下子有了新想法："这两瓶酒你一定要留下来。你不喝也要留着，以后我要找你喝几个。"姜老师客气一下："我真不喝，放我这里，都放坏了。"李老师真把酒又提溜回来了，还顺便装走了一大辫子蒜。

李老师再婚真的收了一次礼，把全村的人都请一遍，还有四外庄的，有的甚至只见了一面就去请，人家也不好意思不来。"这事做得也是绝了，断子绝孙的料儿。"村里有人在背地里说。

谁能想到，李老师婚后又生了一个儿子，儿子学习还不赖，一儿一女，日子还真中，只是他老婆的命苦些。

四

我第一次听说姜老师的事时才七八岁，人家都说他家里有书，满墙都是，我害怕他，因为我怕读书。他很聪明，会哄小孩子，小孩子也很愿意跟他学习。村里有人说，孩子交给他，放心。他到镇上、县上开会，人家买衣服买吃的，他好买书。他是那种喜欢收集知识的人。

父亲最初想把大姨介绍给他，父亲劝母亲："跟着他以后饿不住，他当老师，也有工资，还可以培养自己的孩子，受人尊敬。"母亲说："不行，他家里穷成那样，能中？本来就挣不到仨核桃俩枣，还天天买书，有个弟弟还得了小儿麻痹症。"父亲想想不是没道理，怕好事没说成，最后再当了恶人，就没坚持。

姜老师受人尊敬，有知识的人都应该受到尊敬。这人特别讲究，说一不二，穿的衣服干干净净，不爱开玩笑。他啥都明白，毕竟读的书多，但从不给别人点透，给人家留着面子呢。人家请他写字，他再忙也要抽时间去，帮个人场。人家请他办事，他什么都不要，弄得别人说他装，他就笑，不说话。主人家往往会给他送条烟或拿几瓶子酒，他不要，又给人家送回去，不爱占人家便宜，弄得主人家很没面子。时间长了，就没人跟他客气了，对他来说，这像是义务劳动，背后有人悄悄地说他是个君子。

姜老师不爱开玩笑，说话、办事有鼻子有眼，慢腾腾的。张大牙见了他就损他："你小子，天天收的礼不少呀！"他一脸严肃，憋了半天才说："不比你这个大财主。"

虽然说话讲究，但他有时候喝点小酒，酒一上头，趁着劲儿也爱吹牛："咱在城里也进过的，那理发店谁没找过十个八个的？"张大牙说他："原来你是闷骚，最骚的就是你，骚得全将军寺村都能闻见。"李老师也撇撇嘴："牛都飞到空中了，说谎话不交税，这谁不会？"

有一件事让姜老师很头疼，班上一个女学生成绩不太好，他经常喊她到办公室，说是补课。李老师嘴一撇："你看你看，天天在办公室，谁知道干啥呢。"这话刺耳，让人浮想联翩。有人的地方就有江湖，江湖水深，有时候人家一口唾沫就能淹死你。姜老师的老婆相信他，谁说这话就跟谁吵，玩儿命一样维护着姜老师，坚信他不会做那种恶心事。

　　姜老师有俩闺女一个儿子，儿子调皮，大闺女听话，考上了省城的大学。大闺女二十岁生日那天，与大学同学一起到KTV唱歌，被灌了酒，后来几个男生扒光了她的衣服，进行了直播。不仅如此，他们还把视频传到了网上，下载量超大。一开始，姜老师也收到了这种视频，没搭理，小儿子好奇，打开不敢看，可她娘一眼就认出来是自己的闺女，觉得没脸见人，一口气没上来，背过气去了。大闺女受不了这种气，半个月后，从省城的一个桥上跳进了河里，被找到的时候，衣服也没穿，光肚子，全身肿得像个气蛤蟆，眼睛睁着。村里有人说是报应，有人说可怜，不管咋样，一个好好的家就这样毁了。二闺女感觉抬不起头，一到家就把自己关在家里，不敢出门。姜老师却高昂着头，该干啥干啥，他不能倒下，小儿子还没有结婚。他要是倒了，这个家就彻底倒了。

　　姜老师一直干到退休，听说退休的第二天又去挣钱了，找了个私立小学，带毕业班，一节课三十块钱，还当班主任，一个月有三千来块钱。将军寺村的人都羡慕地说："你看看人家，老了老了，倒又吃香了。"

　　姜老师在县城工作了有五六年，钱真没少挣。退休金加上在私立学校代课的工资，一个月有六七千。父亲有时候到县城，去找他，他也大方，只要是村里来的人，都带到饭店吃饭，点一桌子菜。他儿子安了家，在省城，进了大公司，年薪好几十万，但压力也大，买房子得上百万。找了个在政府部门工作的女朋友，大学时候谈的对象，两人感情好着呢。后来，他儿子当上了副总，说啥也不让姜老师再当老师了，但他也不习惯在城里生活，就回到了将军寺村。

在私立学校那几年，姜老师学会了写诗歌，比语文老师写得都好，不得不说，他一个教数学的，还真有水平。他喜欢看书，喜欢写古体诗，还加入了县里的诗词协会，没事的时候跟着一群人去采风，风风火火的。在将军寺村，像他这么大年纪的人基本上都不受待见，当张大牙天天撅着屁股在村里晃悠、李老师与卖菜的砍价时，姜老师却精心打扮一番要去采风，还说得有鼻子有眼儿："县里有个会，我得去参加一下。"在其他人的注视下，他骑着电动车走了。到了这个年纪，他还有这种精气神，难能可贵。

后来，听说有一个退休女干部模样的人经常开着车找他，也是诗词协会的，模样不难看，总围着红围巾。村里人说他交桃花运了，黄昏恋来了，挡都挡不住。张大牙让他请客，他嘴一撇，拍拍屁股走了。李老师在后面说："你啥意思，还怕我们随不起礼？"

我前几年见过姜老师一次，他专门到我家找我说话。那时我已经调到市文联上班，他表明来意："我准备出本诗集，就是费用太贵。"他问我有没有门路。我说："怎么没有呢？咱们市里每年都有精品工程项目，到时候报下。"他满意地走了，走了老远,还回过头说:"你记得操操心,这事就指望你了。"

姜老师走后,父母在厨房里斗嘴。

"你看看人家老姜,这生活不错,神仙般的日子。"父亲意味深长地说,"你看,这当初呀,要我说……这都是人的命呀!"

母亲不说话,手里的勺子摔得哐哐的,更响了。

五

月亮不见了,天一黑,将军寺村安静得可怕,连狗叫声都没有。

我正在家看书,说是看书,其实是思考点事,整理整理思路,毕竟出去也没啥事。姜老师来了,他身体显然不太好,腰弯不说,说话快了就不住地咳嗽,喘气喘得厉害,他过了年就七十三了。

"闺女考上了'三支一扶',走我的老路子,要面试了,你给她指导指导。"

"好好准备,现在都是公平公正的。"

临走的时候,他说:"遇到出书的事一定要给我说一下,稿费不得少于两万,我可以得诺贝尔文学奖,到时候你功劳是这个。"说着竖起了大拇指。他加了我的微信,我跟他说:"等你整理好,把选题给我。"

后来，我试着给一些朋友推荐，朋友们只是给我回了一个字"好"，没说同意，也没有说不同意。我再问，人家也没有回复，出书的事也就耽搁了下来。

我与她女儿通过两次电话，提醒她面试的一些注意事项，如何导入讲课，如何使用评语，如何打造亮点，如何给自己提升信心，也给她介绍了一个当老师的朋友，她跟着去听了几节课。姜老师的女儿也争气，顺利过了面试。那天他女儿专门来看我，除去带的半袋子花生，还带给我一个包裹，我打开一看，是书稿，全是手写的，小字，一笔一画，工工整整，下了不少功夫。她有点不好意思地说："爹让我把这个交给你。"我问她将来的打算，她说："我想回老家，就在将军寺村继续教学。"她再也不怕别人说啥了，家乡她是不想再离开了。后来我才知道原因，姜老师不愿意在城里住，只想在家待着，她就跟着留了下来。

张大牙经常讽刺姜老师："好好的福不享，天天在家干啥？"姜老师不知道从哪里听到的消息，他们不止一次跟父亲聊这事："还不是因为身体？不中了。"其实，我知道原因，父亲给我讲过，他挂念那几亩地，没人种不中，姜老师的儿子就让她姐在家陪着姜老师，在哪儿工作不是工作？我感觉这话也有道理。不过，大家的意思很明显：羡慕他，毕竟人家有选择嘛！

姜老师现在不喝酒了，原因很简单，身体吃不消。有一次他与一个小伙子杠上了，谁也不服气谁，喝了大半斤，被送进了医院，差点去见阎王。张大牙打趣他："阎王长得帅不？"姜老师终于不再喝酒了，他闺女见谁跟他喝酒，酒杯直接摔碎，一点也不留面子，弄得大家都尴尬。慢慢地，喝酒也就没人再喊他了。

姜老师、李老师和张大牙有时候聚在一起，啥都聊。

"你闺女那是在关心你，你这都不知道？"张大牙劝姜老师。

姜老师摇头。

李老师说："你幸福，烧摆的了。""烧摆"就是"显摆"的意思。

姜老师说："哪有这样幸福的？"

李老师没事的时候老往城里跑，到县城剪个头发，回来就吹那边的服务员多年轻。张大牙就笑他："老不正经。"姜老师也说："你都快入墓窑子了，还有这心思？"李老师说："你们俩懂个屁！"

这话说出去半年，李老师死了。在整理他遗物的时候，竟然翻出来一个房产证，是县城的一间门面房，买得早，当时还不值什么钱，现在值钱了，好几十万。张大牙专门去看过，嘴不住地咂摸着，悔断了肠子，自己当初咋没这眼光！这一辈子抠门儿的李老师原来抠在这地方了。

几个人帮着转手，那门面房卖了六十万，钱一交付，姜老师问张大牙:"你揣着这钱干啥?又不是你的,那是老李的。他老婆现在身体不好,你得交给老孙,让他管着我们放心。"老孙是我父亲,父亲坚决不管这钱,这事管好了说是应该的,要是哪点出了问题,一大圈子人都会埋怨你,到时候唾沫星子就能把你淹死。看父亲犹豫,姜老师和几个管事的人都说:"我们信你,交给你我们放心。"

这事不能推脱了,再推就没啥意思了。父亲说:"以后有了合适的人我再交给他。"父亲暂时保管,用这笔钱帮李老师的老婆请了个保姆,所以李老师的老婆一直有人照顾着,直到死,身边都有人,没有经历多大的痛苦。没想到一辈子都小气的李老师死了,还给他老婆留下了一笔财富,这倒是将军寺村的人没想到的。李老师生前,他老婆跟着受了多少苦现在都不提了,大家知道的是,她晚年幸福,有保姆伺候着。在将军寺村,哪有人能享受这待遇?

三年后,李老师的老婆去世,那笔钱还没用完,经商议,二十万元捐给了学校,二十万元修了村里的水泥路,好像还剩下一点对不上账。那几个人不问我父亲,而是问张大牙,因为买东西的事都是他负责的,他怎么也说不清钱花去了哪里。姜老师笑着吓他:"你得小心点,李老师在下面等着你,你还是亲手交给他吧。"

张大牙嘟囔半天,脸都憋红了,摆着手,也没有听清他嘟囔的啥。大概意思是,他自己啥也没拿,啥也不怕。

晃　蛋

一

我从县城回到老家将军寺村是五月的中旬。妈妈得知我带着老婆、孩子回来，很高兴，早早地在村头接我们。儿子两岁多了，刚学会走路，一歪一扭地在前面走着，妈妈在后面假装追，看得出妈妈很开心。前方远远地开过来一辆摩托车，车后面拖着长烟，没有减速的意思，妈妈赶紧把孩子抱在怀里。车一阵风似的从他俩旁边开过去，我看着开车人有点熟悉，但又想不起来是谁，那人的黄头发像鸡窝一样乱。摩托车快到我身边时，开车人对我哈哈一笑，猛地一加油门呼啸而过。我吓了一跳，赶紧躲到路边，心怦怦直跳。妈妈生气了，厉声说："没看见有小孩呀！"也不知道那人听见没有，反正是摩托车没停,也没减速。摩托车慢慢地消失了,妈妈摇头对我说:"这强强呀,都这么大的人了,也不让人省省心!"原来刚才那人是强强。

我在县城工作,平时回来次数不多,有邻居见我回来,凑上来说话。亲不亲,故乡人!邻居见面,总会挑些好听的话说:"你看你媳妇,真漂亮!"媳妇低头,笑而不语。妈妈则满脸笑容地说:"谢谢。"就这样说说笑笑地进了家门。有几个邻居原本在胡同里说话,现在也都来家里坐。大家天南海北地聊着,我感觉比在城里舒服多了。谁家的孩子在外打工挣钱了,谁家的孩子有本事了,谁家在城里买房了,谁家的孩子买车了,谁家的孩子要结婚了……虽然大家谈论着同样的话题,可心情不一样。有的刚娶了个好媳妇,心情自然美着呢;有的盖好了房子,正等着别人说媒,急着呢;有的孩子还小,正在为孩子上学的事做打算……

我发现爸爸突然喜欢上养鸡了,上次回来还没发现他有这个爱好。很多年前爸爸养过鸡,那时他还年轻,不知听谁说乌鸡蛋可以卖到两块钱一个,还有外地商贩来收购。那时他显然被金钱冲昏了头脑,信以为真,谁的劝告也不听,借了一圈子钱,三十元引进一只鸡,比市场价贵好几倍,买了差不多有一百只吧。当时三千元可不是小数目,爸爸又从亲戚那里借了一千五百元,他像个赌徒一样。乌鸡终于下蛋了,爸爸天天盯着乌鸡,心里盘算着可以赚上一笔。可事情总是那么出人意料,后来他怎么也联系不到买家，这才发现上当受骗了，原来人家收购乌鸡只是一个幌子。他发誓再也不养鸡了，这真是坑人哩！那时候，爸爸几乎是在一夜之间有了白头发，也渐渐迷上了喝酒，每次都喝得大醉，动不动就与妈妈吵架，两人差点离婚。

爸爸是怎么突然喜欢上养鸡的呢？我虽然好奇，但也没好意思直接问，只是忙着招呼邻居。快晌午了，妈妈留邻居吃饭，张大爷说要回家，其他人也要回去。我一直想与爸爸好好谈谈，谈点工作之外的事情，比如育子、婚姻，还有解开心头的疑惑，但爸爸一直静坐着，不看我。有好几次话都到了嘴边，我又怕说话不合适，伤了他老人家的心，就把话咽回肚里了。

院子里安静下来，只剩下老母鸡咕咕叫的声音。我指了指老母鸡窝问妈妈，妈妈说："鸡蛋已孵半个月了，快孵出来了。你爹就盼着这一天，希望没有晃蛋！"

晃蛋是将军寺村的方言，也就是孵小鸡时，鸡蛋没有变成小鸡，浪费了鸡蛋。抱窝孵小鸡最怕这样的情况，费了时间、精力，到头来什么也没有得到。见爸爸进里屋，我凑过去好奇地问妈妈："以前爸爸不喜欢养鸡，嫌弃鸡随地拉屎，打扫起来麻烦，院子不干净，现在怎么喜欢养鸡了？"妈妈手里继续择菜，带着怨气说："谁知道他哪根神经搭错了！"菜上的枯黄叶子被掐掉，菜慢慢变得干净、水灵，她像是自我安慰："养鸡就养鸡呗，总比吸烟喝酒好多了，活动活动对身体也好，比让人生气强。"我附和着妈妈："养鸡好，有事做。以后还可以吃柴鸡蛋哩，这在城里价钱可贵了！"

我到里屋去，扫了一眼爸爸，爸爸却不看我，而是很认真地注视着鸡窝。本来我有很多话想问爸爸，无奈只好把话咽了下去。也不知道为啥，吃饭时，我想起了那个潇洒地骑摩托车的强强，问妈妈："强强现在做啥呢？"

"做啥？能做啥？！没知识没文化，又不愿意出力气，天天就知道晃悠着玩。"

"强强没找工作吗？"都这么大的人了，老来回跑着玩，我有点不能理解。

"找了，怎么没找？可坚持不了多久啊。前几年到广东，好像在一家电子厂工作，没干多长时间。他懒不说，还事多，三天两头迟到，被开除了。去年他二舅又在县城的一家宾馆给他找个工作，当服务员，端盘子，管吃还管住，一个月两千多，这在县城也不少了。可这家伙不让人省心，偷吃菜，还与顾客吵架，真没出息，干了不到一个月，又被开除了。后来又跟着亲戚贴地板砖。他也是吃不了苦，这不现在回来了。也不知道在哪里弄个破摩托车，天天美死他了，没人管他，他跑东跑西，潇洒自由，像条上岸的鱼，乱蹦跶。"妈妈叹了一口气，"唉！没少说他，说了也没有用，人都废了！"

爸爸看我儿子的目光很柔，小家伙一开始有点害怕他，后来就好了，两人在鸡窝旁边看老母鸡。小家伙很好奇，伸手去摸，老母鸡差点啄到他的手，他吓得哭起来。媳妇把从城里买的毛衣给妈妈，妈妈抖开衣服披在身上，说："以后再也别买衣服了，我家里都有，上次买的还没有穿呢。"爸爸则接过帽子，很高兴，放在手里不停地摩挲着，但没有戴，应该是不舍得吧。

我们正在吃饭，邻居张大爷过来了，他手里端着半馍筐子番茄、黄瓜和豆角。我喜欢吃番茄，小时候就爱吃，可现在还不是季节，他从哪里弄的？他笑着说："自家大棚里种的。"我赶忙掏出烟递给张大爷，平时我不抽烟，这是回村前专门在车站买的，在家里不能失了礼数。

张大爷说话声音很大，敲锣一样："你们继续吃饭。我也没啥事，就是让你尝尝家里的菜。"

妈妈夸奖说："你张大爷有本事，闺女考上了县城的教师，以后要享福哩。"

我笑着说："厉害啊！大爷，你操心操值了！"

"孩子，以后你多照顾下。她年龄也不小了，有合适的对象操着心。"

我随口答应下来："好啊，这是好事，我一定上心。"

外面轰轰隆隆的声音响了，像野驴在咆哮，从村后的公路上跑过。张大爷撇撇嘴："准是强强，这孩子啊，就是不往正道上走呀！"

我有点不理解："怎么回事？以前他不是好好的吗？"

"谁说不是呢？他爹不是出事了嘛，去官路上扒人家的车，从车上摔下来，当场就没气了。他娘后来就走了，撇下他一个人，没人管，现在不成这样了吗？天天糊弄着过日子，不干正事，净让人生气。"张大爷长叹一口气。

具体怎么不争气，张大爷却不说了。我还想继续往下问，但打听人家的私事也不好，就没有开口。

二

晚上我去将军寺村东头的二爷家说话，顺便捎了两瓶从城里带回来的酒。爸爸说："你二爷对你不错，你喊他来吃个饭。"二爷是我爷爷的堂兄，没儿没女，一个人过，很孤单。见到我，二爷很开心，夸我长大了，有本事了，还拿出家里的瓜子让我嗑。瓜子放的时间不短，有些发潮，不过我依然吃得很开心。我让二爷到我家吃团圆饭，说一家人等着他热闹哩，可无论怎么劝，他就是不愿去。二爷的脾气我了解：认死理，古怪，不愿麻烦人。于是，我留下来陪他说话："要好好照顾身体，什么也别想。"他说："日子过一天赚一天，阎王不收我，我还要多活几天哩。"他性格很开朗，心态很好。

月亮又大又圆，月色很好，洒在将军寺村的角角落落，地上白花花的，整个村子都安静下来了。二爷说起以前的事，停不下来。我慢慢明白了，上了年纪的人不在乎你与他交流什么，你只需要认真听就是了，他需要的是一个很好的倾听者和陪伴者。他讲我小时候的事,说有一次我偷邻居家的鸡蛋,爷爷当着爸爸的面打我,打得可狠,从此我再也没有偷过东西。我听得很认真。

我回家的时候快半夜了,将军寺村睡着了,偶尔能听到河水流动的声音。我从村西头往村东头走,远远就看见一个鬼鬼祟祟的人影。他头上戴了顶怪怪的帽子,包住头,衣服也变了样儿,在月光下急匆匆地走路,怀里揣着什么东西。他回头看了一眼,也许是看见我了,接着脚步加快,很快就不见了。这人半夜在外面溜达,干什么呢?

回到家时,妻子和儿子已经睡熟。白天强强的事在我心里成了个疙瘩,脑中乱糟糟的,我躺在床上怎么也睡不着,翻来覆去,差点儿把孩子弄醒。

如果没记错,我和强强应该是同一年出生的人,生肖都属老鼠,按月份我比他大一个月。那时候,我们两家挨着,离得近,经常在一起玩。上小学时他老到我家喊我,大多数情况下我们一起去学校一起回家。他特别爱动,屁股上像扎了钉一样,在教室坐不了三分钟准要出去跑着玩,我一直认为他有多动症。老师经常批评他,这家伙脸皮也厚,一个耳朵听一个耳朵冒,谁的话也听不进去。

强强的调皮是出了名的。这家伙仗着自己长得虎头虎脑,专爱欺负人。那时候他总爱找事,经常带着一帮人疯玩,坏事没少做:谁家的院子里没人,他就跳到人家院子里拉屎撒尿;

看谁家的西瓜好，他就把瓜纽子掰掉，气得瓜农大骂；谁家的红薯好，他就扒谁家的红薯烧着吃，把红薯秧子连根拔掉，红薯被败坏得让人心疼；如果看到谁家的猪拱东西吃，他会出馊主意，把鞭炮插进猪屁眼里，炸得猪嗷嗷叫着疯跑；见了谁家的麦秸垛，没事就点起一把火，他在远处看火光冲天，害得人家没柴烧，牲口一个冬天没草料吃……为这些事，将军寺村的人没少找他家长。不过能有什么办法呢？小孩子嘛，犯不着生气，再说都是一个村的，差不多也就过去了，但这小子从不收敛，脾气也渐长。

我们一直在将军寺村上学，上到小学毕业，他成绩基本上都是后几名。上初中时，爸爸托人让我到县城上学，那时他家里的条件不错，也托我爸爸，想进县城的学校。爸爸爱帮助人，费了很大劲儿才把强强安排进去，可这家伙依然不学好。更可恨的是，他学会了抽烟喝酒玩游戏，没事总爱逃课。写作业时，他总会找到我，抄我的作业。他打架惹事，不让人省心，还在学校处处争老大。为此，班主任想开除他，可他爹一次次硬着头皮去道歉。初三那年，学校建新教学楼，这家伙翻墙外出时伤到了大腿，学校再也不要他了，他爹气得死去活来。等强强伤好后，他爹把他吊在树上打。这小子记仇，与他老爹杠上了。后来他没有上高中。

现在想想，这些事的确害了他。如果当时他爹看管严些，如果他能改掉毛病，臭脾气收敛下，也不至于成为一个问题学生，可是时间都是不可逆的，没法再回到过去了。后来我上了高中，又顺利考上大学，见他的机会也少了，只是逢年过节放假回来时，见他在村里瞎忙活，也没有个正经活儿。

不上学就做个生意，人不能老闲着。他爹一直发愁，先是给强强承包村里的鱼塘，可这小子不是省油的灯，从来不往正道上去。后来他爹又让他贩卖化肥，农村用化肥多，生意倒也不错，可这小子从不记账，到最后糊里糊涂的，搭进去不少。好像他还卖过番茄、黄瓜等蔬菜，也都是赚少赔多，不上心，干啥也不行。但坦白地说，那时候从来没有听说他偷过谁家的东西，他讨厌偷偷摸摸，说那样脏。

我大学毕业考上了研究生，又找到工作，留在了县城，后来结婚，有了孩子，回家的次数更少了，强强的消息也知道得更少了，且都是听爸爸妈妈说。妈妈说，他家里准备盖栋一层半的小楼，要给他张罗着娶媳妇。要不是他爹出事、他娘跟别人跑了，估计他早就结婚了，因为房子已经盖得差不多了。将军寺村大多数是瓦房，他家可是一层半的小楼，这在我们村属第一家。遗憾的是他爹出事了，小楼没有盖好，就那样放着了。

直到现在，他家的楼依然是老样子，一直没有完工。强强娶媳妇的事就这样成了泡影。

三

  天亮了，我起床很早，在老家一到早上就睡不着觉，会早早地自然醒。我发现爸爸又在鸡窝旁边撒了一把粮食，老母鸡站起来，摇着身子，扑棱着翅膀，低头开始啄食。我不知道老母鸡布窝时还要吃东西，以为它一直卧在那里，直到孵出小鸡才出来呢。鸡蛋簇拥在一起，鲜亮鲜亮的。妈妈走过来，说："小鸡这几天就要出壳了，终于到头了。"小鸡孵出来时是什么样子呢？那么厚的壳，小鸡如何破壳呢？老母鸡会先帮哪一只小鸡呢？小鸡会走路吗？能叫出声吗？一连串的问号在我脑中出现。

  朝霞布满天空，朝阳慢慢爬起来，鱼肚白渐渐消失，将军寺村从安静中苏醒过来。我们去镇上赶集，爸爸还买了本教如何孵化小鸡的书。爸爸坚持活到老学到老，相信知识改变命运，这是他一辈子当老师养成的好习惯。大街上，有一个熟悉的身影站在一群人的后面，他将手伸向一个中年人的衣兜中，速度很快，中年人的手机被偷出来了。他把手机藏在怀里，低着头匆匆离开了。那个人是强强。我想喊，又怕伤了他的面子。我的内心很不舒服。小时候，我和强强最讨厌有人偷东西。我没想到强强会干这种事，他竟然成了小偷。

  回到家都快晌午了，村里传出来一阵叫骂声："哪个鳖孙偷的？你不得好死！"

爸爸说："平日里李大娘很少骂人，对人也和气，跟大家相处得也都很融洽，这是怎么了？"

妈妈告诉我："这都骂半天了，小卖部李大娘的钱夜里被偷了。"将军寺村不大，从村东头到村西头，一有事儿，风一吹就到了。昨天夜里，小卖部的钱被偷了，好几百块呢。村里人谈论着这事，猜测到底是谁偷的钱。大家纷纷议论，很热闹。

"报警不就行了吗？让警察来破案。"

有人报了警，派出所的同志询问了一些情况：丢了多少钱，什么时候丢的钱，为什么开着门，等等。警察又在现场发现了几根黄头发，拍了几张地上留下的鞋印子的照片，又从现场提取了指纹。最后警察又问了李大娘一些问题，另一个警察在本子上记着。折腾了一天，最终也没什么结果。

晚上家里突然停电了，天不太黑，有月光，但没电做啥事都不方便，这可急坏了爸爸。别人家都有电，应该是家里的线路出了问题。爸爸检查了半天，东看看西瞧瞧，也没有找到原因。

"别人家有电，咱家怎么没电？"妈妈问爸爸。

外面有声音传来："叔，家里没电了？我来看看吧。"那人说着进来了。是强强。他穿着牛仔裤，头发卷卷的。当时我正站在堂屋门口，向他笑笑，算是打个招呼。他很自信："这不是个啥事儿，我来帮你。"他够不到电闸，就直接把两个板凳叠在一起，站在上面。也不知道他咋捣饬的，很快就通电了，灯亮了。

"你在哪儿发财啊？"我走上前主动找话说，多少也得尽点地主之谊。

"我在县城，有时间去找我玩。"他嘴里叼着一根烟，手插在裤兜里。他的头发黄黄的。

我笑着说："以后再去城里找我啊，咱弟兄们坐坐。"

"我经常去县城，月亮神KTV，你知道吧？我好几个朋友在那里，还有红房子酒店，在县城广场附近；天下第一楼，在南关小树林……"他说的地方都是县里的高档场所，我对这些地方怎么可能熟呢？

老母鸡在鸡窝里动了动，咕咕地叫，可能是电灯的光线刺激了它。强强修好了电，爸爸很开心，对他说："今儿别走了，在哪儿吃不是吃？一起喝茶吧！""喝茶"就是吃晚饭的意思。爸爸当时可能就是随口一说，但强强不把自己当外人，一点也不客气："好啊！"

那天的饭菜还算丰盛，爸爸从桌子底下扒出半瓶酒，说："强强，今儿咱爷俩晕几个！"强强接过酒，拿着看了看："52度的，差不多，来来来！"他给自己倒上，一仰头，一杯酒没了。喝酒时，我没话找话："你有什么打算啊？"我想关心一下他。

"过一天是一天！现在干啥都累，不得劲，没有自由自在舒服！"他递给我爸爸一根烟，自己点燃了一根。这家伙抽的烟都是二十多块钱一盒的,也不知道从哪里弄的钱。我回家准备见村里人的烟都不好意思掏出来了。

爸爸说他:"别到处乱跑了,也该成个家了!"

直到现在强强都还没有成家,并且没有人给他提媒。如果他父母在世,肯定不会是这样的。他大伯虽然操着他的心,但没用,所以直到现在他仍然是一个人,吃了上顿没下顿。

"一成家就拴住自己了,有人管不如自己一个人,多潇洒!"强强喝完了酒,又给自己倒上,一抬头,又是一杯酒下肚,"你这样好吗?像拴在裤腰带上,还养不活自己,有啥意思?"他嘲笑我。我哈哈笑了,这家伙说得不是没道理,也够狠毒。

老母鸡在鸡窝里咕咕地叫。强强扭头看了一眼,不屑地说:"这年头谁还好这个?这有什么意思?瞎操心。想吃鸡蛋,随便花上点钱就能买一筐了!"

爸爸没说啥,只是认真地盯着鸡窝,一动不动。老母鸡咕咕地叫着,不时翻动着,身子下面压着有十几个鸡蛋,再过几天小鸡就出壳了。

我们一起吃着饭,我感觉我们很陌生,吃饭成了一个任务。我浑身不自在,怕冷落了他,便拼命地找话说,却和他没啥共同语言。他现在只关心如何受人崇拜,如何享受生活,如何玩得开心,从来不想付出,也不管自己的责任。我试着劝他几次,让他认清自己的位置,但很遗憾,他一点也没有听进去。爸爸应该早就了解这个情况,除了摇头和叹息,其他的啥也没说。

强强回去时都半夜了，醉醺醺的，摇晃着身子，回到他那个未盖好的楼里。那个新楼连窗户都没装，做饭的锅也没有，他从来没做过饭，我不知道他是如何在那个地方生活的。他真像看上去那样快乐、那样潇洒？我不信。

四

回城没两天，妈妈给我打电话，很惊奇地说："你知道是谁偷的钱吗？"我心里早就有不祥的预感。妈妈没等我回答就接着说："唉，真没想到是强强。这辈子他算完了！"

妈妈说，警察还是有办法的，他们再次来到村里时，直接把强强抓走了，还从他未装修的房子里搜出一沓钱交给了李大娘。李大娘说就是她的钱。大家伸长脖子等着看笑话，除了爸爸，没有一个人阻挡。爸爸冲过去："警察同志，这里面有误会，不要抓他，他还没结婚呢，以后他咋有脸活啊。"强强依然高昂着头，满不在乎的样子，谁也不正眼瞧。爸爸拦着不让警察走，警察说："你再拦就是妨碍公务了。"警车把强强带走了，村里人依然饶有兴致地谈论着。

妈妈讲这些的时候，我就想起了那个月夜，心中明白是怎么回事了，心痛了好长时间。"毕竟还是个孩子，你爸托关系去了，他要把强强弄出来。"妈妈说。

爸爸和强强爸关系不错，他感觉自己有这个义务，像自家的事一样。再说也是邻居,爸爸带着满满的自信,又是求爷爷又是告奶奶,努力了好长时间,可还是没成功。爸爸终于知道把强强弄出来是不太可能的事,他很懊恼,恨自己无用。

爸爸仍然到看守所去看强强,找了一圈子关系,才能进去探望。隔着铁栅栏,爸爸终于见到了强强。强强穿着囚服,耷拉着脑袋,颓废、脏乱,胡子拉碴的,嘴角还有血迹,身上青一块紫一块的,显然是与人动了手。望着强强,我不知道说些什么。强强也不说话,只是低着头。这么好的年龄,却要在这里度过了,他追求的所谓自由再也没有了,现在说啥都晚了。

爸爸说话很小心,怕伤了强强的心:"你看你,这孩子!咋这么傻,不听话呢。"

强强低着头不说话,两只手紧紧地搓着,看得出他内心充满了伤感、后悔、自责。后来他问了一个问题:"叔叔,你家的老母鸡孵出小鸡没有?"

爸爸没想到强强问的是这个问题,说:"谁知道什么时候出壳呢?从选鸡蛋、老母鸡孵鸡蛋到小鸡出蛋壳,要下不少功夫哩!可最后谁知道能不能成呢?难着呢!"

妈妈笑着说:"孩子,快了,估计这两天就出壳了。"

强强听得很仔细,微微一笑,对爸爸说:"叔,我想看看那些小鸡,想替你喂喂它们!"他说完忙转过身子捂住了脸。强强不想让我们看到他的不安和眼泪。

这次来县城的时候,张大爷特地给我带了十几个大番茄,红红的。我想让强强吃几个,可看守所的同志坚决不让带进去。

那天晚上妈妈回到将军寺村,我在县城家里正与孩子玩,妈妈打来电话:"小鸡孵出来了,像个团球一样,老母鸡叫得欢,你爸可高兴了。"

爸爸接过电话,遗憾地说:"只是有一个鸡蛋晃蛋了,看错眼,浪费了,怪可惜的。这鸡蛋还真要提前好好选。"

这确实怪可惜的。

故乡事

味　道

一

　　杨月刚洗完衣服，正要搭在绳子上晾起来，外面响起三轮车"突突突"的轰鸣声。三轮车拉了满满一车番茄和黄瓜，红的红，绿的绿。她手里拿着的衣服不知道该放哪里，赶紧扭过头去。那个司机显然看见了，笑了一下，露出了大门牙。

　　丈夫明强没有骑摩托车，在三轮车上坐着，居高临下地对杨月说："车钥匙丢了，娘的，只能趁车回来了。"

　　明强看着杨月，杨月不吭声，直勾勾地看着明强。明强突然拍拍脑袋："又忘了，娘的，你看我这记性。"

　　杨月这时倒是一脸轻松，微笑道："没事。"明强说了好多次要给杨月买项链，说城里人都戴，好看。

明强有点歉意:"下次我一定买回来,都让你等这么长时间了。"

杨月不想搭理他,她心中有股怨气,不过当着外人的面没发泄,只是随口一说:"没事。"她去忙了,该干什么还干什么,反正在家她总是闲不住,不用别人安排。

"我批发了一车番茄和黄瓜,价格不贵,在村里卖,也可以去周边村子卖。"

明强招呼那人卸番茄,两人累得满头大汗,一直在喘气。杨月看见那个人敞开怀,很有力气的样子,笑了一下,然后又将头扭向一边。她去忙自己的事,衣服洗好了,搭在绳子上,像一面面小旗,然后又擦小卖部里的瓶瓶罐罐,像擦自己的脸一样,干净、认真。

后来,杨月才知道这是邻村的石头,他就爱憨憨地傻笑。石头年龄小些,应该不到三十岁,喜欢闷头干活,肌肉很发达,浑身像有使不完的劲儿,不过就是不爱说话,样子有点笨笨的。杨月就喜欢他这点。

杨月在屋里没怎么动,一会儿就出汗了。天有点热,蝉在树梢上扯着嗓子拼命叫,像猪被踩住了尾巴。

番茄、黄瓜卸完,明强的衣服湿透了,满脸的汗水。生气归生气,杨月还是打来了水:"洗洗吧。"

明强犹豫了一下,说:"好。"他脏兮兮的手伸进清凉的水中,顿时像在水里撒了把锅灰,水变得黑乎乎的,脏了。

明强让石头也洗,当他看着这盆水时,头一扭,对杨月说:"娘的,换盆水!"

这话显然是对杨月说的,杨月有点不高兴,想发脾气,但她忍住了。在外人面前她从不与明强对着干,这是娘教的。她结婚前娘还对她说,男人就喜欢面子,特别是在公众场合,得给男人留够面子。她一直记得这些话。

石头在笑,摆摆手说:"我手脏,这水就行。"他显然有点不好意思。

杨月故意"哗"的一下把水泼在地上,水在院子里画了半个圆圈。她往井里倒上引水,开始压水,抬起杆子,胸脯一浮一沉,压了半盆水。水好了,她头也不回地走了,走了两步,翻起白眼珠,狠狠地瞪了明强一下。杨月心里有点生闷气,她要把新账老账一起算。

石头不忍把脏手直接放进去,他把水撩到盆外,洗了一下手;又把水撩到盆外,用力洗。手不脏了,才在盆里洗,水还是清清凉凉的。最后,他把盆放到老位置。

杨月看了一眼,没想到这憨憨的人还这么细心。她摇着肥大的屁股一扭一晃地走了。

要卖完一车番茄、黄瓜,还真不容易!这是很忙碌的一天。明强能干,他去将军寺村周围卖,他闲不住,生意嘛,赚的都是辛苦钱。杨月依旧守着小卖部,将军寺村的人都来这里买东西,烟酒、变蛋、油盐醋、方便面、红纸和鞭炮等物品,多是村里人需要的，天天不少进钱。她知道男人累，男主外，女主内，自己也慢慢练得能独当一面了。

天说着说着就黑了，这该死的明强还没有回来，饭都做好了很长时间。小卖部不能关门，她得守着，万一有人来买东西呢。另外，她还要等明强回来，好好给他算算账。

儿子七岁了，上小学二年级，作业写完就是不睡。她一遍遍地哄儿子，儿子还是不睡，她开始给儿子唱歌："小鸡儿嘎嘎，好吃黄瓜，黄瓜有水儿，好吃鸡腿儿，鸡腿儿有毛儿，好吃仙桃儿，仙桃儿有核儿，好吃牛犊儿，牛犊儿撒欢儿，撒到天边儿……"

儿子躺在杨月腿上，不能说喜欢听这歌，毕竟都唱几百遍了。儿子慢慢地不说话了，眼皮子打架，后来睡着了。她把儿子抱在怀里，紧紧地。天黑透了，她关上门，一个人坐在床边，静静地看儿子睡觉。儿子呼吸均匀，头歪向一边。儿子发了个癔症，喊了声"娘"，她赶紧拍儿子，给儿子把被子盖好。

其实，这几年比刚结婚那几年要好多了，至少家里不再缺钱了，日子过得不能算赖。这个男人还是有点本事的，将军寺村谁都知道，明强喜欢倒腾，天天有事没事就往镇上、县里跑，生意做得红红火火：春天卖蔬菜种子，夏天倒腾西瓜、番茄、黄瓜，有时也卖爬猴（幼蝉，蝉的幼虫），秋天卖化肥、农药、种子，过年的时候进年货、鞭炮、花筒。说实话，将军寺村不少人都羡慕她，羡慕她日子富足。她在家里就守着小卖部，外面的事基本上都是明强打理。

杨月望着天上的月亮陷入了沉思。几年前的一个夜晚，她看电影回来，不知道从哪里蹦出来几个男人，围着她，说一些不堪入耳的话，她吓哭了。正巧这时明强来了，三两下就把他们打跑了。如果不是明强及时出现，可能她就被那几个男人糟蹋了。谈恋爱那段时光还是幸福的，明强经常给她买好吃的、好穿的，还有一个大红丝巾，她被他打动了，下定决心要嫁给他。她一直认为这是正确的选择。

时间不早了，可明强怎么还不回来呢？

二

一个月，两个月，半年……时间一长，人才能真正相互了解。杨月发现，石头真是个实诚人，做生意很讲诚信，不骗人。后来，明强忙的时候，不跟车回来，都是让石头一个人送货到家，什么贵重的东西他都放心。明强很少有信得过的人，他心里鬼着哩，但竟然信得过石头。

现在大家熟悉了，杨月感到石头确实很讲诚信，做生意这么多年，杨月知道生意场上讲诚信的人不多。有时石头一到家就说："嫂子，俺哥谈个生意，晚会儿回来。"他成了传话儿的。石头说话时声音不高，软软和和的，就像暖流流进她心里，这声音比"娘的""娘的"好听多了。杨月就笑："没事，习惯了，也跑不丢，这么大人了。"

不知道从什么时候起，明强就喜欢在县城谈生意，还找种种理由说晚上不能回家。男人累，总不能把他拴在家里，她体谅明强，在外打拼不容易，总是担心明强在外不能吃饱。听村里人说，明强不回家，在城里经常住理发店。刚开始，杨月还不信，那里可是有"破鞋"，明强怎么会去那种地方呢？后来，给明强洗衣服时，她发现衣服上有女人的头发，黄黄的，还有点卷。那不是她的头发，她的头发是黑直黑直的。

有天晚上，孩子睡后，她拿出镜子认真地照来照去，发现脸确实变粗糙了，额头上的皱纹多了，眼皮子耷拉着，眼睛四周长了斑，厚嘴唇子也裂开了。镜子里面的女人好像不是她，像另外一个女人，以前那个光鲜的女人去哪儿了？想想这些年，没日没夜为这个家付出，她感到有点委屈，抱着枕头，哭了一阵子。

进入三伏天，天更热了，仿佛要闷死人。杨月坐在小卖部里，汗直往下淌。她把风扇调到最大挡，还是有点热。石头又来卸货，大袋子小瓶子的，卸了半天，这次拉的东西不少，毕竟好几天没进货了。以前卸东西，杨月从来不上前去，女人家没力气，再说她是主家，也没必要。可是，这次杨月觉得不能袖手旁观，她挽起袖子，双手一伸，想上前帮帮忙。

石头露出大门牙，笑起来眼睛眯缝着，劝她："嫂子，你歇着吧，我来就行了。"他声音不大。

杨月听着这声音，像开玩笑又像赌气，说："怎么？看不起女人？"她搬起来两箱方便面就走。

石头放下三箱方便面，转过身子，重新搬起两箱饮料，气都不喘一下。他专挑重的搬，更加卖力地干活。两人这样忙活着，像比赛一样，谁也不愿停。天闷热，出汗了，杨月的头发有点湿。

没有风，树直立着。石头站在那里笑，短袖湿透了，像水洗过一样，他正扯着衣服扇风。杨月给他打了水，大半盆，从压水井里刚压的，让石头洗。石头有点不好意思。

"要是热的话，你把衣服脱了吧，好好洗洗，凉快凉快。"石头把水撩在盆外边，认真地洗，杨月站在旁边。

"别见外，洗洗。我那口子就爱抹澡。"

石头犹豫了一下，确实有点不好意思。天热得人喘不了气儿，他终于把上衣脱下，浑身热气腾腾的，男人味十足。

杨月问石头："你结婚了吗？"

石头的脸变红，发烫，说话有点哆嗦："还……没哩。"他的手不利索了。

杨月继续问："嫂子给你操着心，你想找个啥样的？"今天她很高兴，说不出原因。

石头说："家里……穷……只要是个好婆娘就行。像你一样……"他的脸更红了。

杨月没有忍住，一串串的笑绽放在脸上："像我一样？哈哈哈！"

这声音让石头紧张，他舔了舔嘴唇，知道说错话了，嘴一个劲儿地颤抖："唉，我……我……"杨月知道石头口渴，知道石头不爱说话，也不再开他玩笑。

石头没说口渴，杨月问他："你喝水吗？"石头认真地点了点头，没有说话，眼光开始有点闪躲。

天突然就起风了，树被刮得低下了头，看样子要下雨了。

石头突然说："天要下雨了，我该回家了。"

杨月不紧不慢地说："等会儿再走吧，这天要下雨了，别淋着。"

"啪嗒啪嗒……"杨月就这样盯着大雨，大雨在地上溅起水花，她心里感觉很美。雨还能溅起水花，以前她从没有发现。大雨一直在下，石头也盯着大雨，比杨月还认真。天黑了，雨依然下着，没有要停的意思。杨月说："进屋里歇会儿吧。"她打开电视，把遥控器递给他，说："这是遥控器，自己看吧。"石头的手不知道该放哪里，地上有凳子也不知道坐。

儿子去姥姥家了，杨月一个人在厨房忙活着，锅碗瓢盆叮叮当当地响起来，很有节奏感，有时快有时慢。饭做好了，调的粉条、小葱拌豆腐、番茄炒鸡蛋，还炒了个腊肉，屋里香喷喷的。主要是平时没心情做，其实她还是能做几个菜的。

"来，吃饭吧，好歹也过去饭时候。"她递给石头个馒头，馒头又大又白。

石头饿坏了:"我吃,我就爱吃蒸的馒头,嫂子。"他掩不住内心的高兴。

"怎么样?"

石头说:"嫂子做的挺好吃,比集上卖的好吃。"

"慢点吃,还有呢,嫂子做的还有韭菜盒子、焖茄子,一会儿才出锅。"

两人开始吃,吃了一会儿。

石头说:"哥该回来了吧?"

"没事。回来咋了?不就是吃个饭吗?"她知道明强不会回来。别说是下雨天,就是不下雨,这个点儿了他也不会回来,第二天回来他准会说:娘的,雨大,没法开车,耽误了!

杨月找来酒,只有半瓶了,那是明强喝剩下的。杨月倒上两杯,给自己也倒上一杯。

石头有点紧张:"我一喝就醉,嫂子。"

杨月端起酒杯:"嫂子先喝了,你随意!"杨月的脸红扑扑的。

石头轻轻地抿了一小口。

杨月的脸有点热,她返回厨房,把焖茄子端上来,这是她的拿手菜,很长时间没做了。她加了一把粉条、番茄,菜上面漂着厚厚的一层油,香!她差点忘了自己还会做这道菜。还有韭菜盒子,也做好了,外酥里软,在锅里躺着呢。

石头一直闷闷地吃饭,但不敢多喝酒,太拘束。杨月举杯特意与他碰了一下,喝了一大口,还叫了一声:"啊,真辣!"石头见状,也喝了一大口,如果放开喝的话,他能喝大半斤。

外面还在哗哗地下雨,天上有时划过一道闪电,把整个夜空都照明了,紧接着就是"轰隆隆"的响声。一直以来,杨月都害怕下雨,尤其是打炸雷。突然,杨月觉得不舒服,肚子有点痛,刚开始她忍住了,难道是雷吓的?

石头吃饭的嘴停下了,他看出来问题了:"嫂子,你咋了?"

"我就是肚子……疼……"杨月赶紧去了趟厕所,回来还是疼,比当初生孩子都疼,不知道为啥。

"嫂子,去诊所看看吧。"村里的诊所离得不近,再说还下着大雨,她不知道怎么办才好,身上都流汗了,这肯定不是热的。

杨月抓住石头,他没有说话。后来,她好像没了意识。她感觉自己倒在地上,被人抱起来后放在了温暖的床上,额头上有条热毛巾,衣服被胡乱地解开,有什么东西慢慢地在身上游走……她迷迷糊糊地睡着了,睡得好香好香。

外面,又一道闪电划过,狂风夹着大雨,狠狠地拍打着大地。

三

小卖部的门砰砰地响起来了，像是有人来买东西。杨月醒了，发现自己躺在床上，身上盖着被子，她懒洋洋的，没起来，外面的敲门声越来越大。杨月揉着眼穿好衣服，下了床，胡乱地弄了弄头发，把桌上的东西收拾干净，特意看了看地上没有什么特殊的东西，才把门打开。她肚子不痛了，只是头有点晕。大雨早就停了，太阳已经爬出来，外面明晃晃的，村里人应该都吃过早饭了。

是张大娘，她蒸馍要买碱面子，两人说着说着就拉上了家常。张大娘好像看出了什么，一愣，对杨月说："你脸色不太好呀！"

杨月支撑着身体，倒了杯热水，头还是有点晕。她说："大娘，还真是，不知道咋回事，头有点痛。"

张大娘问："你吃饭了吗？"

"还没哩。"

"女人得对自己好，说来说去身体是自己的，要我说，你还是去镇上检查检查吧。"

正说着，明强回来了，一进门就说："昨天的雨真大，娘的，车子坏了，没回来。"杨月不说话，她懒得搭理他，真的。

明强继续说："昨天的生意还不错，娘的，又赚了。"

杨月还是不说话，对他，真没有啥话可说。

明强问："还有饭吗？"

杨月声音不大："有馒头有菜，自己去热吧。我身上不舒服。"她的手有点抖。

张大娘交了钱，拿着碱面子，说："我回家蒸馍了，媳妇还等着我的碱面子哩。"她踩着泥回家了。

明强一直在吸烟，屋子里呛得慌，这应该是第四根了，地上有三个烟头。他不停地按遥控器，按了一遍，电视里不是新闻就是广告。看得出，他心不在焉，最后随便选了一个节目，电视里的声音嗡嗡地响起来，吵得慌。

杨月走近明强的时候，明显地闻到他身上有一股味儿，一股劣质香水味儿，一根黄头发挂在他的衣袖上，随风摆动着，好像在摇给她看。她头开始有点发晕，盘子差点掉在地上。

明强抬抬眼皮子："你咋了？娘的，上次那酒还有吗？我再喝点。"

杨月没有给明强再问的机会，她冷冷地说："早给你倒掉了，你还想着那点猫尿啊！"

明强肯定闻到了杨月身上的酒味，不过他没有说什么。

"我身体不舒服，要去镇上检查检查身体。"杨月的声音很小。

明强脸色一变，说："能吃能喝，能蹦能跳，娘的，有啥好检查的。"

"你是不是巴不得我死呀!"杨月抬高声音说。

明强倒不生气,眼睛直直地盯着她说:"这是哪里的话,天地良心啊!娘的,今天老子要去城里进一批货,你得在家守着。"他把烟头扔在地上,没用脚踩,又点了一根烟,说:"家里还有多少钱?"

"我不守,要守你自己守。你说还有多少钱,你又不是不知道?前几天不是才拿走吗?"

明强从里面抓起一把钱,问:"娘的,钱都去哪儿了?怎么都是零钱?"

"我用了。"其实,整钱她早就提前收拾了。

"娘的,变倔了?"

杨月不理她,走出门,没想到外面还有水,泥更多,但她感觉挺软,很舒服。杨月模糊地想起昨晚的事,她恨自己,喝了点酒就晕了,走着走着,脚一软,倒在了地上。

杨月在镇上医院住了一个星期,终于好了,就是身体太虚。出院那天,杨月说先不回去,想在镇上转转,明强同意了。还不到半晌午,太阳不高,天还不太热。她发现镇上的东西真不少,花花绿绿的衣服,黄腾腾的卤鸡,又大又白的馒头,长长的甘蔗,炒好的瓜子、花生……早该出来走走了。她突然感觉身体轻飘飘的,什么事也没了,头也不晕了,病好了。看样子,没事真应该出来透透气。

镇上人来人往,她看见一家几口提着大包小包的,高兴地谈笑着。小孩子在父母面前要这要那，父母哄着孩子。她有点想儿子了，就想要给儿子买韭菜盒子，儿子就喜欢吃她做的韭菜盒子。她盘算着一会儿买只老公鸡，再买条大红鱼，上午回一趟娘家，给娘提溜过去，总不能空着手去娘家吧。她还要把儿子接回家。

杨月向煎包摊子走去，十字街那家的煎包最好吃，也不贵。煎包店生意好，围着一群人，也不排队，要等好长时间。突然，她看见一个熟悉的面孔，再细看，没错，竟然是石头，她想打个招呼，说说话，可是她愣了一下，嘴巴张开了又合上，心里开始慌张起来。

石头正和一个女人一起吃油条喝胡辣汤，桌子上摆有韭菜盒子。那女人杨月认识，是湾柳村的小寡妇，个儿不高，有次还来她家里称鸡蛋。这寡妇前些年死了丈夫，带两个孩子，一个男孩一个女孩，她当娘又当爹，生活不容易。

杨月离石头和寡妇很近，他们的说话声听得一清二楚。

寡妇说："韭菜盒子真好吃。"

石头说："那你多吃点儿。"

寡妇说："我一会儿给孩子带点儿吧。"

石头说："我这就去多买点儿。"

杨月装作没有看见，头一低，急匆匆地走过去了。太阳当空照，其实不毒，但她感觉心里堵得慌，头有点晕，可能是天气的原因吧。她赶紧喊上明强，急匆匆地离开了那个鬼地方。

对，鬼地方。

四

石头再也没来送货。

杨月没事就坐在门口的凳子上向远处出神地望，心事重重的样子。明强在她身后盯了好长时间，她都没发觉。其实，就是发觉了，杨月也不理他，对他真没有什么好说的。

明强终于忍不住了，问杨月："你以前不喜欢坐在门口，现在怎么老坐在这个地方？"

明强就是想跟杨月聊聊，但杨月站起来，头一转，冷冷地说："自家的地方还不让坐，要你管。"然后扭着屁股回到小卖部，留给他一个冷冰冰的背影。

明强的眼睛像一把刀子，有点凶狠："你等人？！"

杨月不理他，没回答，背后传来一阵骂声："娘的，这板凳搁得真不是地方！"

她再也没见过石头，石头就像昨夜的星星一样，消失后再也没有出现。现在，送货的变成了一个上年纪的人，五十来岁，浑身烟味，手从来不离烟，一看就是个大烟鬼。这烟鬼走路时还一瘸一拐的，干活力气不大，有时候几件饮料就能把他压垮。杨月想不明白怎么换成了这样一个人。

杨月从来不上前搭手，不仅不搭手，也不做饭。没事了，她就打开电视，手不停地按遥控器，胡乱地换台，电视里要么是新闻，要么是广告，有时是无趣的电视剧。她心不在焉，最后随便选了一个节目，电视机嗡嗡地响起来。明强从不说电视吵得慌，要是以前，早就破口大骂了。

明强在外面忙活着扫院子，扫完了就擦瓶瓶罐罐，成了个闲不住的主儿。到饭时候了，还去做饭，当然他要先征求杨月的意见："中午吃什么饭？"明强现在学会了打咸稀饭、洗面筋、下粉条，味道不错。杨月一直认为，他的手艺比她的要强。

不知不觉，明强"娘的，娘的"的骂声没了，对杨月说话也很客气。每次从镇上或县上回来，都给孩子买些玩具、吃的。以前明强答应要买的项链早就买回来了，不止一条，听说都是银的。当然，明强也会给杨月带一些新衣服、耳环、手镯，只要杨月让明强买的东西，镇上买不着，他就到县城，就算翻个底朝天也要买回来。杨月一点也不激动，看都不看一眼，她感觉明强买的那些东西没啥意思。

时间过得很快，转眼又过了半年，石头依然没来，看样子不会再来了。烟鬼之后又换了三个搬卸工，没有一个牢靠的，不是懒就是爱偷东西，不诚实。看到明强发愁的样子，杨月本想问他怎么不让石头送货，这话到喉咙眼又咽了回去。她不能问。如果明强反问她，她又怎么回答呢？

杨月从没有主动打听过石头的消息。

那天杨月听村里人说石头结婚了,娶了湾柳村的寡妇,不费力气就当了两个孩子的爹,日子过得还幸福。听说寡妇学了个手艺,在镇上摆了个摊子,专门卖韭菜盒子,又焦又酥,生意不赖,红红火火。石头还会做焖茄子,好吃不贵,在镇上都是一绝,很多人到镇上总要美美地吃上一顿。刚开始的时候,杨月让张大娘从镇上捎回来一个韭菜盒子吃,但张大娘忘记了,以后杨月再也没提过这件事。

小卖部的生意说不上好,钱赚得不多不少,刚刚好吧。明强比以前回来得勤了,就算下雨也要回家,哪怕到家都是半夜。明强不知道发什么神经,竟然在院子里养了条大黄狗,那狗嘴张得大大的,黄毛油亮油亮的,呼哧呼哧地吐着长舌头,叫的声音特别大,怪吓人的。那条狗经常向杨月摇尾巴,杨月不怎么喜欢那条狗,很少给它喂食,看见心里就烦,比看见明强还烦。

杨月问明强:"养狗干啥?准备杀吃过年吗?"

"你见谁家杀狗过年?狗肉不上桌,不主贵!"他顿了一下又一板一眼地说,"狗可以看家,家里有小偷。"

杨月说:"就你那几个钱,不值当偷!"

"那不一定。家里没钱,有人——有贼惦记着哩!"明强盯着杨月看,嘿嘿地笑。

杨月不想搭理明强,她不想与他吵架,不想生闷气。她除了照顾自己的身体,现在最关心的就是儿子了。

今天是九月一号，儿子就要到镇上上初中了。儿子十三岁了，都长胡茬了。儿子知道用功学习，她也没有怎么管他，可他的成绩一直都是学校前几名，还真不错。将军寺村以前出了一个本科生，现在参加工作了，在县城里吃商品粮，还娶了个城里的姑娘当媳妇。杨月要把儿子培养成研究生，让他成为有出息的人。杨月不知道研究生的学历有多高，能干啥，只是听说很厉害，可以挣不少钱，还可以留在城里。当然，杨月也想了，她还要给儿子娶个好媳妇，人不一定多漂亮，但人品要好，要很好很好的那种。

以前杨月有一个愿望，压在心底好多年，对谁也没有提过。她真想到镇上走走，想亲自尝尝寡妇做的韭菜盒子，那到底是什么味道，难道真比自己做的好吃？不知道为啥，现在她有的是时间，就是不想去了，不就是那种味道吗？

手　机

一

　　易晓倩是我的女朋友，准确地说，是和我相处一年的女性朋友，她在一家超市当服务员，目前我们在感情方面还没取得突破性进展。我们相识是经别人介绍的，因为是老乡。来饭店吃饭的人还不太多，我们在餐桌旁坐下，轻音乐播放起来，环境优雅，富有情调。我俩依旧坐在二楼靠窗的地方，我朝东，她朝西，成习惯了。相识这一年来，只要是到这家饭店吃饭，我们都会坐在这个位置，老板一般情况下也会留着这两个位儿。老板姓金，露着满口金牙，这个姓真不白称呼他。

　　吃饭时，我一个劲儿地给易晓倩盘子里夹菜，她最爱吃豆角。我一直不明白她为何偏偏喜欢吃豆角，一年四季都吃，吃不烦。后来我才知道，她在网上看了一篇文章，说吃蛇或吃豆角能使身材变苗条，她怕蛇，就只好改吃豆角了。她一直梦想着拥有瘦高瘦高的身材，最好长得就像豆角一样苗条。我从不管这么多歪歪道理，反正只要她爱吃，我给她买就是了，这点小愿望还是能满足的。她说了声"谢谢"，我说："看你客气的，还拿我当外人？"她嘻嘻一笑："自己人更要谢谢，谢谢也不都是给外人说的。"这话说得很有道理。

手机响了，是陌生号码，这个时候来电话真烦人，我没接。挂了之后，手机又响起来，嗡嗡地在桌子上直蹦，样子很倔强。易晓情剜了我一眼："你怎么不接电话啊？"我犹豫了一下，不接的话，有可能让易晓情误会。电话断了两次后，又响了，看样子对方确实有急事。我接也不是，不接也不是，犹豫着。易晓情低着头只顾吃菜，脸上无任何表情，看不出来高兴还是不高兴。我怕影响到她用餐的心情，不过，她却抬头直起身子坐正，开始喝饮料，两只眼睛盯着我，不再说话。我犹豫了一下，还是接了电话。

"你是马小明吗？"一个中年男子浑厚的声音传来。

"是，你是？"直接喊我名字，我心里有点儿不舒服。

"你好呀，我是教体局信访办的……"对方好像故意说得很慢，像很多领导那样，说话时带点儿拖音。直到这时，我才知道教体局原来还有个信访办，可信访办找我干什么？这个部门离我有十万八千里远呢，难道有人将我告到那里了？我心里猛地一惊，连忙说："哦，你好，你找我有什么事吗？"

"时小天是你班的吧？他怎么了？……"他拉长秧子。

时小天是我班的学生，他问的事我当然也知道——作为班主任，我对班里的情况都要全面了解。我就算不在学校，如果班里出了什么不好的事情，总会有人告诉我，不，是找我讨个说法或要处理结果。就算我钻进老鼠洞里，也会有人把我挖出来，级段长有的是办法，他们催着要处理结果。

"是这样，也没什么事。我就是问问他到底怎么回事。"电话里，他把"到底"两个字说得很重很重。

这个信访办主任所说的事发生在上周五。

上周我出差，到省城学习，学习快结束的时候，接到了物理老师吴老师的电话。吴老师很生气，她说话快，语气也不好："时小天你还管不管？"我说："管，怎么不管？……"还没等我继续往下说，她噼里啪啦连珠炮似的开腔了："无法无天，他上课玩手机，你得管管了！耽误咱班学习！"原来是这样。我安慰她："我回去就处理，让他给你认错，停课回家。"这是吴老师第一个电话。

本来回去批评教育一下，让时小天写个检讨，他如果保证下次不犯，这事也就结束了。可没想到，时小天不是省油的灯，过了一会儿，吴老师又打来电话："时小天现在非要拿走手机不可！"我一听也非常生气，这是想上天了，手机他说拿走就拿走，把学校当菜市场了？我让时小天接电话，通过电话对他说:"你赶紧给吴老师认错,先把手机放回老师那里保管着,手机的事等我回去再说。"

我想了想,时小天应该坐在第一排靠南面的窗边,他竟然在老师眼皮子底下玩手机,确实有点过分。后来,我回到学校调查情况,听同学们说,时小天一直低着头,也许是玩手机太投入了,吴老师走到他跟前足足有十秒钟,他都没有发现。

吴老师刚过四十岁,是个极负责任的老师,戴个大框眼镜,上课认真,对学生要求严,最看不惯如今的孩子玩手机不学习,她希望孩子上进,要求学生像要求自己的孩子一样。她二话没说,就把时小天的手机收了上来。同学们说,时小天当时打游戏打到正激烈处,手机被吴老师夺走时还喊着"你别乱,乱啥乱",全班同学哄堂大笑。发现是老师后,他才回过神来,有所收敛,却伸手想夺手机。老师厉声说:"你夺了试试?!"在吴老师的怒目之下,时小天暂时放弃了夺手机的念头。

下课后,吴老师带着手机在前面走,时小天在她屁股后面追,还不忘一个劲儿地软磨硬泡要手机,吴老师没搭理他。到了办公室,吴老师坐下来,开始讲玩手机的坏处、做学生的本分,大道理讲了一火车。时小天当然没听进去,或者一个耳朵听一个耳朵冒,他依然坚持要把手机带走,还争辩:"手机不是我的,借别人的,我答应要还给他。"

玩手机不接受处罚,还想直接拿走,这还得了?反上天了!吴老师肚子都快气炸了,说:"这绝对不行,谁的手机也不行，必须放我这里！你说说，班主任让带手机吗？学校让带手机吗？你认识到一点儿错误吗？"时小天对这一连串的问话满不在乎，歪着"蘑菇头"，晃着腿，不看老师，也不说话。

一般而言，学生不怕任课老师，但还是比较怕班主任的。吴老师看时小天不好收拾，忙给我打电话，我让时小天接电话，在电话中重申："收上来的手机，你说要走就要走啊？手机必须放在吴老师那里，等我回去再处理。你赶紧回去上课！"时小天对着手机没说话，最后只是简单地"嗯"了一声，他应该没听进去我的话，要不然也不会发生接下来的一幕。

办公室里有几个老师刚上完第四节课，正要收拾物品准备下班，据他们回忆，时小天竟然夺了手机！吴老师本来把手机放在了上衣兜里，时小天直接夺走了。这下事情就大了，竟敢从老师身上夺手机，太儿戏了！让吴老师生气的是，时小天还补充了一句："今天必须拿走手机，就是开除我，我也要拿走手机！"他狠狠地关了办公室的门，头也不回地走了。

吴老师一口气没上来，捂住胸口，哆哆嗦嗦地说："你……你怎么……"重重地倒在了地上。

二

易晓倩听我讲完这些，说："你说说，这时小天的胆儿也太肥了！你培养的可真是'人才'呀！"我苦笑道："你不了解现在高中生的情况呀。"

　　想想也是，这些年手机可真像毒品，把学生害得不轻。老师看得清楚，学生也了解得清楚，但家长不这样，他们认为孩子拿手机与家长联系方便，其实，有多少学生是用手机与家长联系的呢？下晚自习了，学习累了一天，有些学生就躲在被窝里玩手机，打"王者"、玩"吃鸡"、上"QQ"、聊"微信"、逛"淘宝"。晚上精力旺盛，白天听课却无精打采的，像霜打的茄子一样，哪有心思学习？

　　校信通和班级微信群发的消息也很清楚：为给学生创造学习的安静环境，禁止学生带手机到校。如需联系家长，可免费使用班主任老师的手机。学生带手机到校，要交给班主任老师保管，待回家时发给学生，返校时再交给老师。即便如此，可依然"上有政策，下有对策"！有些同学带两部手机到学校，交给老师一部没有网络的手机或者一部老年机，留下能玩的智能机；或者撒谎说自己没有带手机，偷偷把手机放在书洞里，你以为他立起书本在认真看书，其实他正高兴地玩游戏呢；有的学生直接在桌肚里放一个磁铁，把手机放在桌肚下面，用磁铁吸着手机，你发现他低着头玩，去收手机时，他把手机顺着桌子往里一推，你就找不到手机。一般来讲，晚上安排的有班会，班主任会组织人员搜查，但你不管怎么搜，就是搜查不到。到了第二天，仍然有人玩手机。

　　说这些的时候，易晓倩笑了："学生玩手机，不让带不就是了？带了收上来不就是了？"我说："看样子你不了解实际情况啊，你有时间当几天班主任试试，不把你气哭才怪。"易晓倩撇撇嘴，说了声："喊！"

记得很清楚，我从外地出差回来的第一件事不是看女朋友易晓倩，而是去处理时小天玩手机的事。吴老师有心脏病，血压不稳定，不能生气。那天幸好抢救及时，吴老师没大碍，只是在医院躺了一段时间。我到医院看她，吴老师躺在病床上，丈夫陪着她。我把水果放下，不住地给她道歉，还特意把从省城带回来的特产给她。吴老师扭过头背对着我，我请求她的原谅。要知道，老师对班级有意见，不利于班级整体成绩的提升，到最后还会影响学生成绩和班级总体评分。我一个劲儿地向她承认错误，像是我家的孩子犯了错误一样。吴老师的丈夫坐在病床前，低着头叹气，就是不说话。吴老师也不说话，一副生气的样子。同去的老师纷纷说："时小天也太狂了，得好好杀杀他的威风，这还得了？"我小鸡啄米似的点头说："对对对！一定严肃处理！"

那天中午我见到了"蘑菇头"时小天，他没有了那日的猖狂，知道自己犯了大事。我先是批评教育时小天，他不说话，我想来想去，这样的事还是要给他父母说。我找来家长的电话号码。时小天拼命阻挡我，不让我给他家长打电话。我心里很清楚，他已经意识到现在犯了大错，父母肯定饶不了他。

我拨通了电话，时小天的母亲接的电话，她有点儿紧张地问:"他最近怎么了?在学校犯事了吗?"

我说:"时小天在学校不好好学习,上课玩手机。老师管他,他夺手机,还与老师顶撞。你赶紧来学校一趟,咱们好好说说。"

"你消消气,老师!"对方急了,"你看,我在外地呀!这怎么去?"

"你要过来一趟,孩子的事不是小事。作为家长,你不能把孩子往这儿一放就不管了。要让他回家去,好好反省反省!"

她依然坚持不能停课,最后近乎带着哭腔说:"不能停孩子的课,孩子基础本来就不好,这一停,学习就更跟不上了。别耽误了孩子的前途……"

后来是时小天的一个叔叔把他领回了家。第二天,我的手机上来了一条短信,显示充值200元成功,正当我猜测是谁充的钱时,时小天的母亲给我发了条短信:充了200元,以后方便联系!我马上用微信向那个手机号充了同样多的钱。现在很多家长养成了毛病,一出问题就给老师充话费。这都什么跟什么呀!

一周后,吴老师出院了,不是病好了,而是放心不下学生。说真的,那段时间我最怕见到她,看到她憔悴的样子我心里过意不去。有一次,她从对面走过来,我说:"按照学校的规定,给他停课反省了。"吴老师没说什么,似笑非笑地走了。

电话里,那个信访办主任又拉长秧子:"要给学生一个机会,他毕竟还是个孩子,不能让他失去上学的机会啊!他才十七啊！孩子基础本来就差，回家这么长时间，不耽误成绩吗？一辈子不完了吗？我们不能成为孩子成长的罪人呀！"对方说得好像有情有理。

"你给我说也没用，这是学校的规定，我做不了主。"毕竟我是在执行学校的规定。

"马老师，知道你为难，夹在中间不容易，但毕竟他还是个孩子。我让他给你赔个不是，我回去亲自给你道歉，让他写个保证书，以后绝不会再出现这种情况，再给他一次机会。"

"我当不了家，你还是给领导说吧！"我有点儿生气，准备挂断。

信访办主任在电话里着急了："哎哎，你别挂啊！"原来他说话也会快呀。

三

时小天拿着手机大模大样地从教室门口经过，同学们跟在他的后面，有几个胆儿大的也掏出手机来。突然，时小天的手机变大了，他骑在手机上，像坐在飞船上一样。他喊了一声"前进"，手机就向前飞去；他喊了一声"后退"，手机就往后倒退。地上站着很多人，他的同学、父母、老师，那个信访办主任也在。我大声喊："快下来，危险！"时小天不说话，恶狠狠地盯着我，手机朝我飞过来了，我吓坏了，忙用手挡……

原来是一场梦，我打开手机一看，才凌晨三点，还有点儿困意，但怎么也睡不着了。外面黑乎乎的，每天我都是五点起床，到学校大概是五点半。也就是说，我早起了近两个小时。别小看这两个小时，当天我上课时就感觉两眼蒙眬，一点儿也打不起精神来。

时小天的问题不解决看样子是不行了。我说让他回家反省，其实是想让他家里引起重视，也让学生明白老师的底线，要不然他会认为没人能制约他，会无法无天的。现在，大家好像把学生管理工作推给了学校，有些家长把孩子往学校一放，就不管不问了，只想着出去打工挣钱。

那天上午，除了无精打采地上课，我其余时间都在思考时小天的事如何办才好。中午和易晓倩吃饭，依然在二楼靠窗户的位置坐着，我朝东，她朝西。一样的地方，一样的菜，一样的气氛，却有不一样的心情。我本来想说些高兴的事，可说来说去还是绕不过时小天。易晓倩不动筷子，连心爱的豆角都没有看一眼，豆角像一条条死虫子躺在盘子里。

她拉着脸，显然是有点儿不高兴，最后也不知道是烦还是想帮我解决问题，一连串地问我："问题学生多是由问题家庭产生的，说不定是他家里出了什么事，你了解过吗？你了解过他的内心吗？你知道他的真实情况吗？你一直发愁有啥用啊！"

"还真有这个可能！"

我把时小天的信息梳理了一遍，把他从进班的表现回忆了一遍。他住在县郊，父母亲没有工作，家里还有一个妹妹。前段时间我找他同桌了解情况，发现他不知道从哪儿弄了个手机，常常玩，劝也劝不住。宿舍里的同学说，时小天晚上回到宿舍不怎么说话，但他们半夜去厕所时，发现时小天床上有亮光——他在玩手机。我又想了想，时小天的成绩是从去年年底开始下滑的，他以前会向老师提问题，现在从来没有提过。原来班级排名他能排到十几名，现在在倒数三名里。

想想还没有去过时小天的家，我决定对他进行一次家访。那天下午，我骑着电动车，按照登记的地址，终于找到了他的家。那里已没有住家户，早变成了建筑工地，建筑的地基已挖好，一些工人在忙着扎架子，这地方看样子是要开发楼盘。我看见几个工人走过来，就问他们："这里的人搬到哪里了？"一个戴着黄色安全帽的工人望了我半天，我说："找个人。"他不冷不热地说："都搬走了，这里准备建商业中心，拆迁几年了，你不知道吗？"

与他们交谈后我才明白，这地方被重点规划，要建县里的最高楼。靠山吃山，靠水吃水！很多住户都被补偿了两三套房子，按市场价折算，能有一百多万元，很多家都大发了。

"那住在这里的人都搬到哪儿了？"

另一个工人说："干吗呢？想买他们的房子？可不便宜啊！"

"不是，我是老师，来找我学生的家长。"

黄色安全帽说："这样啊，我孩子也在上学，老师从来没有家访过一次，你还真负责！不过说真的，我也不知道搬到哪儿去了，安置房还没有建好！"

另一个工人说："拆迁补了不少房子，他们都发大财了，到城里租房了！"

有一个工人不服气："也不都是好事，有的家庭就散了，喜剧成了悲剧。"

"是啊，有的都拼刀子了，出了人命。"

"你看老时，原来多好的一个家啊！"

他们所说的老时就是时小天的父亲。本来时小天家里不算富裕，时小天的爸爸就把房子卖了一套，得到不少钱，可他天天吃喝嫖赌，尤其爱赌博，钱很快就花光了。时小天的母亲管他，他不听，当他卖第二套房子时，时小天的母亲拦住他，他就动手了，还让她滚，两人就这样离婚了。现在也不知道时小天的父亲搬到哪里住了，只知道他依然喜欢赌博。这成了大家饭后的谈资。

我找不到时小天家，很多人都不知道他们搬到哪里去了。一个工人帮我出主意："老时爱打麻将，你可以去那边看看。"他给我指了指方向，转身就不见了。

我向前走了一会儿，看到一个简易工棚内，一群人围坐在聚光灯下玩麻将。空气闷得很，有烟味儿，有酒味儿，还有瓜子味儿、臭屁味儿以及一股股汗味儿，难闻死了。我终于找到了时小天的父亲，当时他正气急败坏地喊："奶奶的，又输了！"其他人说："快掏钱，愿赌服输，别磨叽！"他极不情愿地掏钱，把钱摔在了麻将桌上。

我喊了几声："你是时小天的父亲吗？我是他老师。"老时脖子上戴条金光闪闪的链子，眼皮子也不抬："老子真晦气。奶奶的，怪不得老输，原来是来了个书（输）生。"最后他抬了抬眼睛，斜眼望着我。我很生气，但没发脾气。说真的，既然来了，就想真正化解一下矛盾。

我问："你还要孩子不？"他白了我一眼，摸麻将的手停住，其他人催他："快出牌！"

"要，怎么不要？但老子更要钱！老子有钱，给他买个手机不行吗？"他一直在摸牌。

"你害了他，时小天玩游戏，天天不学习，你知道吗？要把他的心往学习上引……"

"老子不管，交给你们了，你们老师要管好，管不好算啥本事？一年收几千块钱学费都干吗了？"他斜了我一眼，"看你把好好的孩子管成啥了？不就是玩手机吗？不就是抢手机吗？你不就是一个老师吗？"

这是什么态度！我生气了，呼啦一下把麻将桌掀了，其他人愣住了。

"对，我就是一个老师，我啥也不是，你说得很对……"

我气呼呼地盯着他,站得很直,没有丝毫退让。

他像弹簧一样蹦起来,狠狠地在我眼睛上打了一拳,我两眼直冒金星,依然笔直地立在那里。这时,旁边有人赶紧拉开,说:"算了,算了,怎么能和老师动手呢?他可是来帮你孩子的。"对方又是一拳,我眼一黑,身子一软,结结实实地倒在了地上。

四

迷迷糊糊的,我不知道自己是如何站起来的,好像有人扶起了我,后来我就跌跌撞撞地往回走。我的脸肯定肿了,鼻子也开始疼,用手一摸,还有血。可气的是,电动车不见了,这都是什么事啊!我掏出手机,发现手机屏碎了,屏幕上是易晓倩那张美丽的笑脸,现在支离破碎。我一肚子气,感觉自己很窝囊,气呼呼地往回走,后面有个黑影,好像有人在跟踪我。我一个人无助地走在大街上,惨淡的月光一缕一缕照在我身上,有点儿冰凉。走了好远,后面依然有个黑影,我停他也停,我走他也走。时小天的父亲简直没完没了,看样子我还真要报警,让他明白点儿道理。又走了几步,我果断停下来,回过头,给自己壮胆,说:"出来吧!"黑暗中,有人哆哆嗦嗦地走了出来。

那人不是时小天的父亲,而是时小天。几天不见,时小天憔悴了许多，衣服脏兮兮的，头发乱糟糟的。他低着头，扭扭捏捏的，手也无处安放。我问他："怎么回事？这么晚了，你怎么在这里？"

"老师，对不起，我爸爸他……我对不起您……"时小天与以前比，好像变了一个人。我很少听到时小天承认错误、主动道歉，他显然知道发生了啥事。

我有点尴尬地苦笑着说："老师没事的。"我揉了揉头上的伤，应该是肿了。在学生面前，我也有点不好意思了。

"老师，都怪我爸，他打我妈。都是因为那几个臭钱，爸爸不走正道，就仗着有几个钱……要不是他，我也不会这样。"

"这些情况你怎么不跟老师说？"

"都怪我爸，他打跑了我妈。我也不想学习了。以前妈妈在家管我，经常鼓励我，爸爸从来不管我，只给我钱，从不问我想的啥。"时小天呜呜地哭起来。

看到时小天这个样子，我突然不知道该怎么办了，只是安慰他别太伤心。

"我爸爸从来不管这个家，天天就知道吃喝……我妈太不容易了，妹妹上学，我也要上学，天不亮妈妈就起床给我们做饭，晚上还给我们留饭……我妈妈身体不好，一下雨大腿就疼，骨头里像乱针扎一样。我还想考大学，给我妈妈治病，让我妈享两天福呢。"时小天说着哭着。

时小天好像突然间长大了，以前我怎么没有发现呢？我心里软了下来，对他说："傻孩子，越是这样，你越要争口气啊！可不能自我放弃，你妈妈在哪里呢？"

"我妈去南方打工了，就剩我和我妹妹在家。妈妈说，她不能耽误我们上学。我恨死我爸了，要不是我爸，这个家还好好的，妈妈也不会离开家。我妈走的时候什么也没有带，身体还有病。"他抽噎着，我赶紧走上前，掏出纸巾给他擦泪。他有点不好意思，连忙说："老师，你这样做不值得。"

"看你说的，孩子，我是你老师呀！你现在住哪儿啊？"

"我住在我大伯家。老师，你该怎么处理就怎么处理，真的，学校有学校的规矩，我犯的错我承担，我不会让你为难。"

好长时间，我只是望着夜空，什么也不说，我能说什么呢？一轮孤月挂在夜空，月光惨白惨白地洒向大地。

"你呀，你这孩子……"

"老师，我明白。对不起！我替我爸向您道歉……"他的手在头上不自然地抓了几下。

"没事，你赶紧回去吧，以后要好好学习，给你妈争口气。"我望着他含泪的眼睛，"明天去上学吧。"

时小天低下头，不知道该说什么。然后他又抬起头，一字一句地说："老师，我送送您吧。您不用担心我，这地方我熟，我再往前送送您。"时小天跟在我的身边，时时提醒："小心，老师，那边有砖头。"很贴心。

月光洒下来，像铺了一层白纱，高高低低的路开始变得温暖起来，我脸上的伤不疼了。脚下的路虽然有点坎坷，但时小天紧贴着我，我感觉很欣慰。走着走着，前方的路慢慢变得平坦、开阔起来，周围很静谧，只听得到虫鸣声，像贝多芬弹奏的月光曲。

放　生

一

后来，田喜梅经常回忆说，这辈子最后悔的事就是吃了那只黄毛兔。"都怪李老四太听话，"田喜梅嘴一噘埋怨道，"也不能让他干啥就干啥呀。想吃肉就去逮兔子，想要月亮那就上天摘月亮啊？那脑子真轴。"

那年秋天，田喜梅挺着大肚子，像只笨企鹅一样慢悠悠地在院子里移来挪去。她嘴有点馋，比当闺女时难伺候多了，感觉吃啥都不香，嘴里没味儿，就想吃点鲜东西，但农村上哪儿找鲜味去？丈夫李老四有点儿为难，他是那种变着法儿对老婆好的男人，想着水灵灵的女人就这样跟了自己，不能再让她吃苦受罪，要尽量好吃好穿伺候着，也就是要对她好。他在院子里走来走去，先是担心田喜梅，后来担心她肚子里的孩子，大人饿，肚子里的孩子也一样，不管谁饿坏了都是李老四的事儿。作为男人，得想点办法才行，他要尽男人的责任，但上哪儿弄点鲜味呢？家里的馒头田喜梅不想吃，普通的萝卜、白菜也没有啥味儿，要不就赶集去，可赶集只能逢集时去，他想了想，初九还得几天，就打消了这个念头。

李老四一个人来到将军寺河边，望着一年从头流到尾的河水直感叹，要是像河水那样没啥苦恼就好了，天天就哗哗地流，多好。他正要掏烟吸，发现烟盒子空了，里面一根烟也没有。自从田喜梅怀上了孩子，李老四就开始戒烟，他下决心要省钱，尽管知道也省不下那仨核桃俩枣的，还坚持要省。再次听到将军寺河的流水声时，他突然有个奇妙的想法，希望河里有鱼能蹦出来，一条就行，这样就可以让老婆尝个鲜了。河水拍打着河岸，水花四溅，他盯着那河水发呆，盯了半天也没见到鱼的影子，更别说鱼蹦到河岸上来了。

不过，李老四那天真是运气。他在田野里来回溜达时，没想到从庄稼地里竟然窜出一只黄毛兔，那只黄毛兔胖嘟嘟的，跑了几步就停住，小嘴嚅动着啃庄稼吃，肯定饿极了。李老四捡起地上的半块砖头，照着黄毛兔的方向狠狠扔过去，砖头不偏不倚，正砸在兔子头上，黄毛兔"吱吱吱"叫了几声就倒下了，流了一摊血，把那片土地都染红了。他心里一喜，拿起那只黄毛兔，兔子全身抽动着，肚子鼓鼓的，腿一蹬一蹬的，血热乎乎地往下滴,有点儿发腥。突然,他看见黄毛兔的眼角有泪水一滴接着一滴往下流。

一路上,李老四比捡了钱都兴奋,心跳得发狂,希望早点到家让老婆看到。回家的路上,村里有人见了,问他:"咋逮了只兔子?"他站定,拎着兔子的腿在人前故意晃了晃,向人挤挤眼睛说:"你看,得给媳妇补补身子。"有人就笑话他:"不给老婆弄点好吃的,怎么弄只兔子?这算哪门子事?"他不理会。刚进入院里的过道,李老四就听见两个女人说笑的声音。有个女人是大嗓门儿,他一听就知道是邻居张小花过来了,好像她们两人正说着什么高兴的事儿,有时候隐约能听清说什么,有时候又听不太清。张小花与田喜梅是对好姐妹,经常互相串门子。过段时间田喜梅就要生了,张小花比以前来得更勤,经常陪她解闷儿,跟亲姐妹一样亲。

"生孩子要提前去医院,别像我,差点儿把命搭在路上。"张小花年龄大,已是两个孩子的母亲,田喜梅喊她嫂子。

"嫂子,要提前几天?"田喜梅是第一胎,她好像啥事都不清楚。

"越早越好。生孩子要从家去,作难的还是我们女人自己,要是羊水破了更受罪,疼,还是早点去好。在医院住上几天,也花不了几个钱。"

"那好,我给俺那口子说,也做好准备,过两天就去,预产期就是这几天。"田喜梅接着说,"嫂子,这几天我一直没胃口，肚子也闹腾得难受，这是咋回事？"

张小花安慰田喜梅："这都正常，你要注意调理，多吃点，到时候有力气，还有就是别生气，孩子在肚子里啥都能感受到，你哭他也哭，你笑他也笑。"

李老四这时候进了家门，提溜着兔子的两只后腿，兔子下垂着两只耳朵，一动不动。李老四说："看，这是啥？"怕她们没听见，他又接着说："今天我给你们做好吃的，嫂子，今儿别走了，尝尝兔子的味道。"

张小花和田喜梅停止说话，发现那是一只黄毛兔子。田喜梅眼尖，张大嘴巴大声说："这是只母兔子吧！"

张小花哈哈一笑："你该补补了，还考虑这么多干啥！兔子有兔子的命，不就是让人吃的？"她又转身对李老四说："记住，多放点花椒、老姜片，用劈柴多炖会儿，时间越长越有味儿。"她做饭在行。

这顿饭李老四下了不少功夫，他先烧麦秸，火大了就放劈柴，把水滚起来，厨屋里雾气腾腾的，滚水一直咕嘟咕嘟响。他把兔子先剥皮后切块，一刀刀下去，案板哐当哐当响。他先是用劈柴烧大火，再用小火慢炖，放入花椒，院子里慢慢飘起了肉香味。这肉香味刺激着田喜梅的味蕾，她的胃口出奇地好。

快做好饭时，张小花却要走了。田喜梅拉着张小花的手说："嫂子，尝尝再走呗。"

"不了，我吃不惯这味道，你多吃点，妹子！"

张小花要走，田喜梅跟在她屁股后面送。经过猪圈时，张小花听到老母猪哼哼直叫，在猪圈里拱来拱去，已经到了饭时候，又加上闻到这香味，猪也饿了。张小花对田喜梅说："猪崽子现在可贵了，到时候你给我留一个。"

张小花走了，兔肉还没有炖好，李老四不起锅，他想多焖一会儿，这样肉烂。田喜梅也到厨屋里帮忙，她闲不住，心疼男人。她走进厨屋，屋里烟熏火燎的，她的眼睛开始流泪，又猛地咳嗽了几声。李老四不再往锅下面添劈柴，一手拉起锅盖子，一手握着勺子，灶台上放着空碗。

"你先出去透透气，这儿烟大，再焖上一会儿就好了。"

掀开锅盖，雾气很快布满了屋子。锅里本没有多少肉，所以加了不少菜，粉条、冬瓜、土豆，尤其是粉条，田喜梅爱吃。李老四给田喜梅盛了冒头的一大碗，他站在一边直吸溜着嘴巴，却一口也没有吃，只是看着田喜梅吃，还劝她多吃点，他心疼媳妇。与其说李老四吃肉，不如说是喝汤，肉本来就没有多少，都给了田喜梅。他用肉汤泡着馒头，望着田喜梅："吃，快趁热吃！"田喜梅感觉饿，吃了一口，那肉熬得时间长，她咂摸着嘴，实在太好吃了，又忍不住夹了一筷子。李老四抹了一把脸上的汗水说："多吃点。"李老四嘿嘿地笑，脸上的汗水顺着鼻子两侧往下流。

院子里，老母猪又哼唧哼唧地叫了，那声音烦人，田喜梅心疼老母猪，老母猪肚子滚圆，过不了一个月就要生了。母猪也是母亲，都是当娘的，她有点可怜老母猪。田喜梅支撑着身子，找到喂猪盆，李老四赶紧接过，话也不说就明白啥意思了，他将早晨的半盆刷锅水掺上麸子，用木棍搅了几圈，倒进了石槽里。母猪立起身子，嘴一张一合，吭哧吭哧吃起来，不哼唧了。

田喜梅又坐回到桌子边，肉不少，看样子李老四把肉都挑到她碗里了，这顿饭是野味，好吃，香。她说："这兔子肉还挺烂的，没想到这肉还是带草味的。"一碗饭马上要吃完了，她的肚子隐隐疼起来，她捂着肚子不停地叫，手里的筷子掉在了地上。

二

孩子生下来了，是个男孩，李老四开心。这孩子像李老四，虎头虎脑，眼大脸圆，胳膊像莲藕，一节一节，肥嘟嘟的，自己的孩子看着哪儿都好，咋看心里咋得劲。孩子满月后，李老四抱着孩子在将军寺村到处转悠，村里人逗孩子玩，都夸孩子的眼大，李老四的嘴笑得都快咧到脖子后边了，高兴。

一次，张小花与田喜梅聊天，聊着聊着张小花就聊到孩子了："这孩子的头发怎么这么少，还这么黄？按理说，都半生子了，不该这样了。"刚开始，田喜梅也没怎么在意，孩子还小，头发少也正常。张小花这一说，田喜梅仔细一看，还真是，与村里的孩子比起来，儿子的头发少多了，她有点担心。孩子一生子时，头发依然少，还有点发黄，就像秋天被风吹散的野草，稀拉拉的，可怜人。孩子一生子多时，头发依旧枯黄，不像田喜梅黑缎子一样的黑头发，也不像李老四毛刺一般茂密的头发。田喜梅对李老四说起这事，他非但一点都不急，而且还有他的歪歪理："头发迟早要长出来的，还没有见过哪个是秃子呢，头发少还可以省下几个理发钱呢，上了年纪，谁不理光头呀。"李老四像没事人一样，田喜梅却急了，骂他不正经，不像个当爹的该说的话。

田喜梅抱着孩子在村里转悠时，人们一看到孩子的头发，总少不了一阵叹息，当然也有看笑话的。孩子那细细的头发黄不拉几的，别人不说还好，越说，她心里越急。她向年纪大的人找方法，将军寺村老一辈人都有自己的方法，大家纷纷出偏方。有的说，熬生姜水喝，喝了可以治，但味儿不好，孩子受罪；有的说，多吃点葡萄皮，头发慢慢就变黑了，孩子也不怎么受罪；还有的说，等孩子大了，让孩子嚼点黑芝麻，吃着吃着头发就变黑了。田喜梅把这些方法都试了，孩子的头发依然少，她越看越生气，干脆给孩子剃了个光头。没了头发，孩子便经常戴着帽子，这得遮遮，不能委屈了孩子。

将军寺村来了一个算卦的，是个瞎子，张小花信这个，她让田喜梅去算算是不是遇到啥事了。田喜梅没算，她不信这个，嘴里嘟囔着："一个瞎子，会算啥？他咋不算算自己的眼睛，难道不能找个治好的方法？"张小花问瞎子："俺那口子这段时间睡不着觉，不知道为啥。"田喜梅抱着孩子，在一边哄孩子玩，她不想听这个，但还是听到了张小花与瞎子对话的内容。那天，张小花花了五块钱找到了方法，她照着瞎子说的话，把院中的树砍掉了。真是邪门儿，一个月后，张小花的丈夫不仅不失眠了，还特别爱玩儿，天天没事儿就找李老四要，显得有精神多了。田喜梅半信半疑，但还是没有下定决心去算上一算。张小花对她说："村里经常有人找瞎子算，像谁家啥时候娶媳妇好，谁去世了看风水，都是请瞎子。"正没着落的时候，田喜梅这样一听就有点信了，她开始想瞎子了，盼瞎子来，自己也算上一卦，但瞎子却不再到将军寺村来了。

那几年，老大头发黄的问题还没有解决，田喜梅又怀上了，这一胎是个闺女，她担心闺女的头发和老大的一样，可越怕啥越来啥，闺女的头发依旧是黄黄的、稀稀拉拉的。她又发愁了，闺女不像男孩，以后真没头发可怎么办？田喜梅刚开始不想向张小花打听瞎子在哪里，但没办法，还是要试一试，万一行了呢？死马当活马医，不就花几块钱嘛。她对张小花说："我要去算上一卦，两个孩子的头发都是这样子，这可怎么办？"张小花就笑："你早就应该听我的，咱明儿一起去找瞎子。"

第二天，张小花带着田喜梅特意跑到镇上，在十字大街找到了瞎子。瞎子老了，走起路来不方便，戴的墨镜还断了条腿儿，他用一根绳子代替镜腿儿，系在耳朵上，但他算卦却越来越灵,尤其是那张嘴,死人也能给说活。两人刚到地方,瞎子就上下打量着田喜梅,田喜梅脸红了,一个瞎子这样盯着她,她心里有点慌,发毛,感觉对不住自己的男人。田喜梅小声问张小花:"这瞎子能看见吗?"张小花回答:"他能看见?想得美呢!"还没有等田喜梅说明来意,瞎子朝着她们转过来了,用手里那根木棍敲敲地面,说:"你是不是来找治黄头发的方法的?"田喜梅和张小花互相看了一眼,田喜梅掩饰住内心的喜悦,瞎子怎么猜得那么准呢,她就说:"嗯,那咋办?"

半天没有回音,瞎子像成了哑巴,只是那几个手指头来回搓,头又扭向一边。田喜梅忙递过去五块钱,这是路上张小花说的,少了礼路可不行。瞎子这时才说:"你要实话实说,生孩子之前你是不是杀过生?"

田喜梅嘴一咧,说:"没呀!我怎么会杀生?"她还把喂养母鸡和老母猪的经历讲了出来,张小花也在一边帮腔儿:"怎么会?喜梅胆小,不可能杀生的。"瞎子摇头说:"不急不急,你再想想,你是不是吃了不该吃的东西?"田喜梅一惊,突然像想起了什么,说:"我吃过兔子!"她转身问张小花:"我吃过野兔子,这算不算?"这时瞎子说:"玉兔死了,要救赎。"他不说话了,两个手指头又开始不住地"打架",田喜梅又递上十块钱,这是她们在路上商量好的,她心里有准备。花了这么多钱,她还是心疼了好长一段时间。

"放生四十九只兔子,那只玉兔才安心。"瞎子说。

田喜梅记住了，要放生，她不能让孩子因为自己的错一辈子长着稀巴稀巴的黄头发。

这话讲给李老四听时，李老四摇头，坚决不信这个邪，他咧开嘴，露出黄牙，说："净瞎说，这是哪儿跟哪儿的关系？"田喜梅就笑："你不记得了？我怀老大时吃了只兔子，我算了一卦，瞎子非说与这个有关，还说是得罪了玉兔，孩子的头发才黄的。"

李老四说："什么狗屁玉兔，净骗钱！我还吃过蛇呢，也没见有这种事，瞎子绝对是瞎说的，你也信？他要真能解，自己早成千里眼了。"

三

这几年，田喜梅坚持做的一件事就是买兔子，她没有忘记瞎子的话，把这些话深深地记在心里，抹都抹不掉。

听说湾柳村的砖头逮了只兔子，田喜梅就赶紧买回来，花了二十多块钱，比买一只鸡都贵，这些钱买酱油、醋能买上好几瓶。见到兔子，田喜梅心里高兴，盯着那只兔子看了好长时间，它怎么也不如原来吃的那只兔子肥，不大不说，还瘦，简直是皮包骨头。当田喜梅用双手托着这只兔子放生时，心一下子放了下来。那只兔子嚅动着三瓣嘴，一蹦一跳地钻进了庄稼地，在庄稼地直摇晃，划出一条线往前冲。兔子终于跑进了自己的世界，田喜梅希望兔子好好活下去，能在庄稼地里找到自己的家，再生一窝小兔子，一家子快快乐乐的。

放生那只兔子后，田喜梅好长时间都没有听说谁逮着兔子，李老四也很想逮到兔子，可兔子哪有那么容易逮到？庄稼地里跑的有兔子不假，可各有各的道儿，兔子这家伙精着哩，四条腿一蹦一蹦就不见了。田喜梅没事的时候去四外村打听谁捉了兔子，花钱买回来，给的都是现钱。别人逮了兔子也乐意卖给她，放着钱不赚，那才是傻呢！再说，真吃起来，兔子肉还真不好吃，像嚼着沟边的一堆野草。

冬天到了，顺着雪地上一串串的兔子脚印可以找到兔子，村里有人经常捉兔子，想尽办法去逮。夏天收麦子的时候，兔子没处藏，到处跑，也容易逮到。只要田喜梅听说谁家逮了兔子，就去买过来，然后放生。久而久之，也不用她去买了，谁要是逮了兔子，大家都说："卖给李老四家，他家要这东西。"

放生兔子多少像一个仪式，成了田喜梅生活的一部分，她盼望着早点放生完四十九只兔子，好了了心愿。黑夜来临的时候，望着身边睡着的孩子，她不知道要说些什么，想着等放生够了兔子，也算对得住孩子了。

那次，一只兔子被放生后，又很快被人捉住送过来了，田喜梅认出是刚放生不久的短尾巴兔，尴尬地笑了，钱不能不给，不能坏了规矩，但这算放生一只还是两只呢？纠结了半天，她又认真地想了想，不能算两只，要不心就不诚了。为了防止兔子再次被抓，她决定不在将军寺村边儿放生。田喜梅想着到更远的地方，她就顺着将军寺河一直往前走，抱着这只兔子，要给它找一个安全的地方，离村庄远了，人也就少了。将军寺河的水在流淌，哗哗哗的。田喜梅把兔子掏出来，特意看了一眼，小兔子蹦了一下，耳朵竖起来，转了一圈，停下来，又转过头，摇晃着脑袋往前进，停住，前进，最后跑了，再也没有回头。田喜梅心里一阵喜，然后又是一阵失落，已经三年了，这才是她放生的第十六只兔子。

大孩子六岁那年，头发长出不少，只是没有别人的头发稠，细看还是少得可怜，让田喜梅心疼。她决定还是要坚持放生兔子，也不是做给谁看，而是自己心里明白有一件事儿在那儿，是件值得做的事情。她认准了这个理儿，一定要坚持下去，要完成放生四十九只兔子的任务，只有这样，她觉得才能消减吃掉黄毛兔的罪恶感。

张小花一家到镇上做生意了，听说生意做得还不错，忙得很，赚钱不算多，但够开销了。张小花把孩子也带到镇上上学，家里的那几亩地不种了，交给亲戚种。他们全家都是过年才回来，在家待上三五天就走了，生意要紧。

田喜梅家的老大八岁那年，张小花回来参加侄子的婚礼，专门到田喜梅家聊上一阵子，一对好姐妹几年没有好好说说话了。她们谈着近些年的变化，村里变化大，条件也好了。张小花不经意间一说："孩子的头发还是那样吗？"田喜梅说："是呀！我已经放生四十只兔子了，就剩下九只了，这九只不好找。老天爷像跟我作对似的，现在兔子少了，也不知道都跑哪里去了？"张小花想笑，但还是忍住了，说："你还在坚持？真信那个？瞎子都死了两年多了，你呀你……""管他死不死呢，不就是四十九只兔子吗？就当我这辈子欠那只母兔子的吧。"田喜梅眼里闪过淡淡的光。

张小花看田喜梅认真起来，也跟着出点子："你要是真信的话，就到集上买几只，真不行就到县上买几只，人家那里养的多。你把数凑够，这不就行了吗？你别待在咱们这个村里找呀，就咱这屁大点儿的将军寺村，哪有那么多兔子让人逮？"

田喜梅听从了张小花的建议，真去了一趟镇上，但找了半天也没找到哪儿有卖兔子的。就是有，卖家也不多。她又去了一趟县城，像赴一场神圣的仪式。她来到菜市场，打听了几个人，没有找到兔子，有点失望。她耷拉着眼皮子，没精神。后来找到一家宠物店，终于找到一些黄毛兔，她眼睛里才放出光芒。她一口气买了九只，价钱也没讲，管他多少钱哩，事儿办妥再说。她把兔子托在手心里，一种毛茸茸的温暖的感觉进入她的心间，那些小肉球直拱她的手。她把兔子抱在怀里，又小心地放进两个笼子里，像是对待珍宝一样。

她乘车时，一个十来岁的孩子凑过来想抱兔子，她就给孩子抱，孩子的头发真好，黑不说，还特别密，像黑缎子一样。田喜梅想着，以后自己孩子的头发应该也会这样黑吧，不，肯定要比这黑。小孩抚摩着兔子，真让他抱他又不敢了，虽然有点害怕，但还是很开心，嘴里还唱着儿歌：

小白兔，白又白，两只耳朵竖起来，

爱吃萝卜和青菜，蹦蹦跳跳真可爱！

回到将军寺村时已经是晚上了，村子安静下来，闺女睡着了，李老四也睡着了。她真累啊，但心里还想着放生的事，不想随便把兔子一扔就算了，万一被别人逮走咋办？她要去找一个地方。已经是半夜了，她顺着将军寺河向前走，走了三里多，脚也不疼，腿也不酸。月亮从将军寺河里升起来了，透过河边的杨树、柳树和一些不知名的矮树，在水里晃来晃去，河面好像升起了薄薄的一层雾，水中的杂物随着波浪漂到了岸边。将军寺村很安静，像熟睡的孩子，只有河风吹来时才有声音。她感到不怎么热了，用力吸了吸空气，心里果然凉丝丝的，以前怎么没发现呢？

田喜梅来到打死那只黄毛兔的地方——这个地方她来过很多次，每一次来都说不上心里是什么滋味儿，有时候希望放生早点结束，有时候希望有奇迹发生。她终于打开了笼子，这些小兔子刚开始不敢出来，待一只出来后，其余的都跟着出来了，它们动了动身子，向四面八方欢快地跑了。田喜梅长舒了一口气，像个树桩子似的愣在那里，抬头看那奔跑的兔子，不愿离开。兔子早就钻进了麦田，看不见影儿了，只有白花花的月光静静洒落。

四

就在放生完九只兔子的第二天,田喜梅却生病了。

田喜梅在家躺了几天也不见好,吃不进去饭不说,两只眼睛还干瞪着屋顶,直勾勾的。李老四见她这样像犯了傻,心里有点担心,总这样躺着也不是办法,就把田喜梅送进医院了。住院的那几天,她心里想得最多的还是兔子,睡也睡不着,躺着也不怎么舒服,总感觉有只兔子在眼前直晃悠,钻进她的眼里,藏在她的心里。她本想把眼前老晃兔子的事情告诉李老四,但想想,还是算了,这么大的人了,还说这个干啥呢,自己跌倒了不会站起来吗?当然,她不是不相信李老四,就是觉得告诉他也没有什么用,反而让他担心,何必呢?

田喜梅的脸没了血色,像揉成一团的发皱的纸,蜡一样的白,脾气也莫名其妙地大起来了,有时候还一个人叹气。在医院的那几天,李老四跑前跑后,一直在医院伺候着,花了不少钱不说,田喜梅也不少受罪,但病就是不见好,她就是心里难受,除不了根儿。这是什么病?医生也没有说出个道道来,就是让一遍遍地做CT检查、抽血化验,然后就是躺在病床上输水。她血管细,扎了左手腕扎右手腕,手腕上都是针眼。田喜梅不愿在医院待了,找理由说:"回家吧,天天在医院,难受。"其实,她知道家里并不怎么宽裕,就那几个钱经不起折腾,花钱的地方多。她想回家,再说医院里的酒精和药物的味道难闻死了,她直想吐。她把这个想法告诉李老四,但他一直没同意。

经不住田喜梅再三要求,六七天后她回家了,家毕竟是家。田喜梅回家那天,张小花到家里来看她,田喜梅正在发呆。

张小花看见田喜梅有点忧伤,也禁不住动了恻隐之心,问起病情:"你到底怎么了?前段时间不是还好好的吗?"

田喜梅望着张小花,她也不知道说什么好,憋了半天,说:"谁知道呢?现在心里难受。以前一天到晚一直想要放生兔子,现在终于放生完了,心里面反倒空虚了,感觉现在不想兔子反而不正常了。"

张小花望着她笑,希望能为她做些什么,安慰她说:"你呀你,中毒了,咋说你哩,要往前看。"

"怎么说呢,我总感觉什么意义都没了,像生活中少了点什么。我也不知道怎么说,空空的,不知道你明白不?"

张小花说:"不就是那回事嘛,不是要你做给谁看,今天的事儿过完了,明天就不是个事儿。什么兔子不兔子的,都是做给别人看的,你撞到南墙也该拐弯了。你都这么大的人了,这话不用我教你吧?"张小花嘴不笨,一字一句地安慰她。

田喜梅听着,像有什么东西流进了她的心里,她感觉好多了。

"人,不都是这样嘛,平平常常的。"

田喜梅强打起精神，笑了："谁说不是呢？何必在乎那些东西，天天想又有啥用？"

果然，田喜梅不再盼望孩子的头发变密或者变黑，等了这么多年，她好像终于放下了一件事，心里现在搁下了。大孩子现在十三岁了，闺女也七岁多了，头发不多，但黄黄的也怪好看，俩孩子像洋娃娃，她感觉挺好，自己的孩子，瞅哪儿哪儿舒服。"人，不都是这样嘛，平平常常的。"她记得张小花的话。有时候别人的一句话就能把你点透，田喜梅一直想不明白的事儿让张小花解开了，该放下来的总算放下来了。田喜梅躺了几天，身子终于慢慢好转，也渐渐有了胃口，想下床到院子里走走。

院子里的那棵楝树变得茂密了，树叶一片挨着一片，树荫也多起来了。院子里树不多，阳光穿过树叶拥抱着她，她的脸上温暖起来，眼睛里开始闪现亮光，身上慢慢有了力量。看见孩子走进院子，她不再关心孩子的头发，想着孩子赶紧长大，好好学习，成家生子，最好生个男孩。一个人的时候，她还是想兔子，一只，两只，三只……想着想着，就不自觉地摇着头傻笑，好像是在笑别人，也好像是在笑自己。李老四问她怎么了，田喜梅就收住笑，沉默，抬头看远处的浮云。她想说些什么，但自始至终没有说，更没把兔子已经放生完毕的事告诉李老四，也许他早忘了有这档子事了。

院子里金色的阳光正暖，透过树叶照进来，田喜梅好像看到有什么东西在跳动。那不是兔子吗？她细看又没了。她没有感到慌张，也没有感到奇怪，甚至脸色都没有变化，就是感觉有点刺眼，眼疼。她伸长脖子眯起眼睛，真想看看那到底是什么。

婚　事

一

天还没亮,姜三爷就从床上坐起来了,老婆还在呼呼睡着。他轻轻地穿衣服起床,找来把木梳子,木梳子不知啥时候摔断了,只剩一半,他蘸了点水,对着镜子把稀稀拉拉的头发梳顺,又用湿毛巾把鞋子擦了又擦。儿子孬娃正在院子里洗脸,他个子不是很高,但长得很结实,仔细瞧瞧还是有模有样的。从南方打工回来后,孬娃无事可做,现在给邻村他老表帮忙呢。天空已经泛起了鱼肚白,姜三爷刚出来,老婆扭动着身子也起床了。孬娃知道爹这一收拾就是要出门办事,目送着,也不说话。姜三爷还没走两步,老婆扣着扣子从屋里跟过来,叫他:"老头子,烟带了吗?"姜三爷不说话,指了指上衣兜,点点头,提起准备好的礼品出发了。

比起前几年,姜三爷这几年心里急得慌。儿子孬娃都三十了,还是单身一人,在将军寺村这就是大龄青年,这事搁谁身上谁不急?作为父亲,他总觉得亏欠小儿子孬娃,每每想起儿子的婚事,心里都不好受。想想也是,三个孩子都是宝,手心手背都是肉。大儿子大学毕业,在县城当了医生,一个女儿也在镇上当了老师,他们都有稳定工作,家里只剩下老三孬娃没有着落。当初姜三爷也想供孬娃上大学,可儿子那时候调皮捣蛋不争气,初中才上两年就因打架被开除了,从此就辍学在家,在外面晃荡几年吃不了苦又回来了,到现在工作都没稳定住,连对象也没找到。姜三爷一想起孬娃的婚事,就开始怪自己,好像是因为他没本事才导致孬娃没找到对象。他一直认为这是当爹的问题,深深自责,感觉哪天突然离开人世了,这一生都不会圆满。

十年前,姜三爷办了个养鸡场,养了四千多只鸡,销路不错,也攒了不少钱,在将军寺村方圆十来里也算是个风云人物。儿子孬娃,那时刚二十岁,经常有人过来说媒,可姜三爷不着急。

邻村湾柳村的老王是个热心肠,经常十里八村牵线搭桥,给人介绍对象,有一次他专门到将军寺村给孬娃介绍对象。那时候姜三爷感觉儿子年龄还小,推辞道:"一个小孩子懂啥呢?"老王说:"还是让孩子早点结婚,他又不上学了,成个家有人管他。这闺女叫桃红，家庭不赖，长相也排场，俩大眼，双眼皮。"想前想后，老两口决定让孩子先见面为好，不见怎么知道合适不合适呢？

在姜三爷老两口的劝说下，孬娃与女孩见了面，但女孩并不像老王说的那样，女孩上面有两个姐姐，下面有一个弟弟，坦白讲，她个头儿并不怎么高，和姜三爷的老婆个头儿差不多，至多一米六，不仅如此，还胖嘟嘟的，脸上还有点点的雀斑。见面后姜三爷问孬娃感觉怎么样，孬娃支支吾吾说不出个道道来，脸一红，低头不吭气了，老两口就没再问下去。尽管老王一直说彩礼可以少拿点，老两口还是明确地拒绝了，他们家不缺那几个彩礼钱，谁不想找个长面子的媳妇？接下来的几年里，虽然村里陆续有人来说媒，老两口也让孬娃不断去见面，但没有一个老两口看上眼的，他们总感觉儿子可以娶一个更好的媳妇，至于是什么样的媳妇，他们心里也不知道。

孬娃一直没找到合适的，他的婚事就这样搁置了下来，这一搁置就是十年。

二

雪灾那一年，姜三爷家的养鸡生意不太好。那个春天，鸡不知得了什么病，缩着头，一批又一批地死。姜三爷天天忙得上眼皮和下眼皮打架，给鸡打防疫针，减少笼子里蛋鸡的密度，又安了个大排风扇通风，可不知为啥，没起到任何作用，鸡还是几十只、几百只地死，气得姜三爷拿起那些病恹恹的鸡就往地上摔。不到一个月时间，姜三爷辛辛苦苦养的几千只鸡死了近三分之一。

那时正逢村里换届，有个养牛大户也想当村主任，背地里到处拉票，甚至对村民许诺选一票给五斤牛肉。鸡生病的事让姜三爷头疼，他哪有工夫顾选举的事？结果可想而知，姜三爷没得几票。姜三爷的村主任不干了，养鸡场也办不下去了，村里有人说风凉话："养鸡投资十来万，打水漂了吧？"他成了很多人挖苦的对象。活人不能让尿憋死，姜三爷觉得家里待不下去了，就想着外出打工。将军寺村好多人到外地打工发了财，他也想碰碰运气，他不信自己会比别人差，但一直没下定决心。

雪灾第二年的暑假，大儿子考上了大学，当时姜三爷想在村里唱台大戏。可是儿子死活不愿意，认为唱戏没必要，那是在浪费钱，给谁看呢？自己考上自己知道就行了，没有必要大张旗鼓地吆喝。九月份大儿子上大学去了，鸡蛋的价格也不稳定，他决定南下。他曾在新疆当过兵，也到广州卖过烟叶，走南闯北的，没有什么能难倒他。姜三爷一个人到了南宁，找到一家宾馆，在里面打扫卫生。稳定下来后，老婆也跟着去了，后来儿子孬娃把鸡场的设备处理干净，也去了南方。家里一下子没了人，只留下一些散发着臭味的鸡屎证明这里曾经是养鸡场。

姜三爷南下就一个目标：挣钱。如果钱挣得多，能在大城市给小儿子安个家娶个媳妇，那就更好了。在南方，姜三爷和老婆都做些体力活儿，一心为小儿子攒钱，干劲儿很大。大儿子和二女儿大学毕业后，在城市找到了工作，不会回到农村受罪了，只要安排好小儿子孬娃，老两口什么都不用愁了。他们希望小儿子孬娃赶紧找个媳妇，既然家里不可以，那就在外面找一个也行。看着那些打工的女孩，他们心想儿子找一个多好啊。孬娃比较老实，早先处了一个对象，没到一个月那个女孩就骗了他一千多元和一部手机，再也联系不上了。真是知人知面不知心，孬娃再也不敢处外地对象了。

南下打工的第一个春节，姜三爷没回家过年，那时他刚落住脚，还没有挣到大钱，说啥也不好意思回家过年。孬娃当然也没有回家，他那年二十三岁，姜三爷老两口都不急，觉得年龄还小。第二年春节，老两口盘算着让孬娃回家，毕竟在外时间长了。孬娃一个人回家了，那年二十四岁，正是找对象的最好时机，几个媒人也有介绍对象的意思，可是看到家里没有大人主事，也就不再瞎忙活。这一次，虽然没有人给儿子介绍对象，不过老两口倒也不太着急，认为孩子迟早会找到对象的，而且还是个比较好的对象。

第三年夏天，大儿子毕业后结婚了，家里忙活着婚事，办得很排场。可是孬娃没回家，姜三爷回家见人就说孬娃要找对象，当时也有邻居操心，不过女孩在外打工，只有到过年时才能见面。这一年快过年时，老两口让孬娃腊月二十就回家，可是并没人给介绍对象。姜三爷分析，原因可能是大人不在家，就决定让老婆过年回家去。正好大儿媳妇要生了，她回到家可以伺候大儿媳妇坐月子。不过等到过年的时候，还是没人给小儿子介绍对象。

看着孬娃的同龄人都结了婚，有的甚至小孩都五六岁了，姜三爷的老婆开始愁了，怎么办呢？当娘的心里难受，姜三爷心里更急，真是计划赶不上变化，想着儿子过了年都三十岁了，这可怎么办好呢？最后老两口算是想明白了一件事：在外面有挣不完的钱，不如早点回家，先让小儿子结婚，立住摊子再说，成家后再给孬娃十万八万的，让小两口做生意，也是个不错的打算。但是待他们都回到家，也不是他们想的那个样子，说媒的仍然没有。后来，他想明白了，不是没有人说媒，而是现在当地女孩少了——在外打工的，大部分自由恋爱，嫁到外地去了，回农村老家的少。

怎么说呢，这几年姜三爷确实也挣了一些钱，刚开始总感觉还不够多，不足以形成回村炫耀的资本，所以每逢过年他们都不回家。姜三爷老两口和孬娃不在家的这几年，孬娃的婚事慢慢地无人过问了。后来姜三爷听说村里多了一个新职业：说媒。老王由原来义务说媒已经变成专业说媒的了，说成一对要三千元，要不然谁跑东跑西忙活呢？他决定找说媒专业户试一下，花几个钱也愿意。

三

沿着将军寺河沿向前走三四里，姜三爷就到了湾柳村，他记得老婆说的话，老王家的外墙漆是红色的，窗户是圆形的，盖的是欧式风格。一进湾柳村，姜三爷大老远就看见了那所红房子。这几年，老王没少挣钱，建成这房子至少要二十万元，可也没见老王出去打工，他从哪里挣的钱呢？姜三爷来到红铁门前，没有直接进去，而是把礼品放在地上，开始整理衣服，先是拍了拍裤腿上的土，又摸了摸口袋里带的香烟。走进院子里，他看见老王正在吃早饭，几年不见，老王变胖了。老王拉了一个板凳让姜三爷坐，姜三爷递给老王一支烟并给他点上。

"你不是在南宁发财吗？挣了不少钱。"老王说话就是让人听着舒服。

"早不在南宁了，去年到北京了。挣啥钱？不饿着就不错了。"

老王又说："村里人都说你包了个大超市？"

"哪有啊？也都是打工。一个小超市，刚接手没几年。"姜三爷不知道谁在村子里这样传，但他顺着老王的话继续往下说。他知道，自己在外混得越好，别人给儿子介绍对象时自己底气越足，你挣了大钱，姑娘都愿意嫁到你家来。如果你说你在外面扫垃圾,谁还会给你介绍儿媳妇呢?村里人永远不会知道你在外做什么,谁也不会去落实这个事。这也就是说,你说你在外做什么,你就做什么;你说你挣多少,你就挣多少。

两人继续聊起来,最后聊到了孬娃的婚事。老王有点为难:"老哥,我知道你的意思。不过,你要先改变自己的思想,可能我们这代人接受不了,现在都正常了——二婚的姑娘也不错!"老王吸了一口烟,"扑哧"吐了一口。

姜三爷舌头变卷了,结结巴巴的:"那……那是……"他看着老王,没再多说一句话,等待着老王继续说下去。不过,他能感觉到自己的表情很复杂,尽管他努力让自己摆出一副高兴的样子。

"咱弟兄们在这儿说的都是实话,这两年对象还真不好找。你知道,现在的女孩结婚早,大多不到二十就结婚了。出外打工的女孩回老家的少,大部分都嫁到外地了。孬娃三十岁了吧,不小了,不能再像以前那样挑了!"老王的烟快吸完了,姜三爷忙递过去一根。老王把燃尽的烟屁股扔在地上,用脚踩了踩,不说话了。

两人都开始沉默,比着吸烟。

"孩子不小了。唉!就没有年龄相仿的?小几岁也不要紧,大几岁也行。"姜三爷又说。他发现谈话内容和自己预想的不太一样。

"这个年龄哪还有?除非——"老王拖起了长音。

"除非什么？快说，老王，我摆一桌。"姜三爷忙追问。

"我刚才都说过了，离过婚的有年龄符合的，不过你可能介意……"

"哦？哦，还是二婚的啊。"他明白老王刚才为何说这几年结婚的形势变了。

"你别说二婚的不好，你们将军寺村就有十来个小伙子找不到对象，俺湾柳村也有十几个呢，都在这儿搁着呢。现在女孩子少，真不比以前了。"

姜三爷的手被烫了一下，他发现烟已燃尽了，扔掉，又点了一根，深吸了一口。他一直低着头看着脚尖，不再说话。过了一会儿，他说："就没有不是二婚的？"

"应该也有，我再问问吧，你等我的消息。说实话，要在以前，以你家的条件，加上孬娃这孩子老实能干，他选择的余地多得是。可现在不同了，女孩子出外见过世面，眼光变高了，年龄相仿的女孩子少之又少啊。"

"让你操心了……"

"咱弟兄俩还说这话？"老王又吸了一口烟。

他俩正说着，老王的小孙子出来了，手里牵着一个气球，气球用绳子拴住，风一吹往天上飞，小家伙又紧紧地拽下来。"来，让爷爷抱抱。"老王抱着孙子往天上扔，然后接住，又往上扔，孩子咯咯地笑着。

姜三爷夸道："这孩子眼睛大，长得壮实，将来肯定有出息。"他竖起了大拇指，望着老王爷孙俩，心里羡慕。他们拉起了家常，到了半晌午，姜三爷要回家了，老王非要把姜三爷带的礼物还给他，两人拉扯了一阵子。

姜三爷说："也没带啥东西，让小孙子喝的。"

"看你客气的，家里啥也不缺。"老王嘴上说着让姜三爷把饮料带走，手却没把饮料递给姜三爷。

"留下来一起吃饭吧，咱哥俩中午晕两个。"

姜三爷哪有心情吃饭，赶紧说："都一样，孩他娘都做好了。"

太阳从早晨滚到中午，像燃烧的火焰一样滚在他的身上，烧在他的心里，可他依旧感觉非常冷。无论从哪个角度说，姜三爷的心情都糟糕透了，这上辈子是欠谁的吗？回去的路上，他抽了一根又一根烟，直到把带的那盒烟抽完，然后把烟盒揉成一团，扔在了地上，心里有说不出来的滋味。这几里路，他不知道走了多少回，脚步从来没有这么沉重过。

太阳已经偏西了，姜三爷一进院子，老婆就从厨房跑出来，手上还沾有面，她问："当家的，咋样？"

"别提了，他说没合适的闺女了，他竟然让找……"

"让找什么？"老婆问。

"让找二婚的。"姜三爷小声嘀咕着。他想抽烟，用两只手往裤兜里找，没找到，又将两只手在上衣兜里摸了摸，还是没找到，这才住手。

"啥?"老婆不相信自己的耳朵。

"让找二婚的!"姜三爷又说了一遍。

老婆好像受到了什么侮辱一样,开始哭,眼泪一把一把地流下来。

四

过了腊月二十,在外打工的都回到老家了,家家户户热闹非凡,这可是个找对象的好时候,姜三爷和老婆逢人就说自己还有一个儿子没结婚,让大家操操心。这是关键时候,老两口都知道要好好地把握过年这段时间。过年,他们感到比谁都要忙,都要累,大儿子和二女儿回来了,本来是团圆的时刻,一家人却发愁孬娃的婚事,不知道他今年能否订婚。老王打电话送来了消息,姜三爷充满喜悦,赶快接通了电话。

"有个二婚的,刚离,人长得漂亮不说,还没小孩。你看咋样?"

姜三爷心里凉了一半,他按捺住内心的失望,说:"二婚?"

"别挑了,现在打光棍的可不少。你不同意我就找下家了,别后悔我没给你提醒。"老王大笑起来。

姜三爷的心在老王的笑声里开始破碎:"好,好吧,那啥时候见面?"

"就这两天,将军寺村破庙旁,你等我电话。"老王一说完就挂了电话。

当看见儿子孬娃时，姜三爷感到有些没脸，怎么给儿子说这事呢？村里哪有人娶二婚的啊？儿子怎么能接受二婚的呢？这可是他一辈子的幸福。他不禁为儿子的未来感到悲哀，觉得自己犯了不可饶恕的错误，成了一个罪人，恨自己是怎么当的爹，不合格，竟然让儿子没讨到好老婆。现在适龄的闺女都到哪里去了呢？一想到儿子有可能娶一个二婚的，他心里就直恨自己窝囊！

孬娃不小了，见了一个又一个，中间也有敷衍着介绍对象的，要么女方年龄不足十九，要么要求在城里有正式工作，虽然孬娃也去见面，但结局早已注定。后来相看的竟然还有身体残疾的，姜三爷和老婆看在眼里急在心里，答应见这种女人让老两口也有点后悔，不应该让孬娃去见——毕竟是个孩子，也许过段时间会有变化呢，说不定就有合适的闺女了。即使如此，孬娃也没有和人家对上眼，他开始变得烦躁不安。摆在姜三爷面前的最大的问题还是儿子的婚事，这件事像根木桩子一样深深地插进了他的心脏。

开春后，姜三爷和老婆依然天天渴望着儿子能早点订婚，哪怕女方个头低点、人老实点，可这点小小的愿望都没能实现。他们老两口真的急了，可急也不是办法。他们慢慢分析出了原因：可能别人感觉你在外没挣到钱——你说你有钱，谁也没看见啊，钱又不能挂在脸上让人看！姜三爷就想到了一个好主意，他建议大儿子买辆车，当别人问起来的时候，在老家就说是孬娃的，在城里就说是大儿子的，可谓一箭双雕。当孬娃开着车回到老家的时候，确实让同村很多人羡慕，但是给他介绍对象的仍然少之又少。

这个方法失败后，姜三爷又提了礼品去找老王。这次，姜三爷递给老王一根烟，并点上了火，老王却像变了一个人。

"老王，你侄儿的婚事还要你操心啊。"姜三爷笑着说。

"好，好啊。"老王打了个哈欠，满口的酒味，他有人天天请。

"我已经说好了，房子要盖，春上就动工，没有个落脚的地方哪能行呢？"

"这个好，孬娃人不错，你家有车，又快有房了，当然要介绍个好的。"老王面无表情地说。

"二婚的也可以——没带孩子的看有没有，要有孩子，最好是女孩。"姜三爷感到自己说话时低声下气的。

这是老两口商量过的。既然年龄相仿的闺女不好找，那就找离过婚的，不过可不能带男孩，不能养活别人的种，再说以后财产怎么办？其实这个担心有点多余，离婚时都是女人一人离开，男孩必须给男方留下，就像是男方的私有财产一样。

两人又聊了一会儿，天像姜三爷的心一样，慢慢地暗下来了。

老王说："在这里喝罢茶再走吧。"这是下逐客令了。

"不了，不了，都一样。这事儿还要麻烦你。如果成的话，我再给你加一千！"姜三爷尽量表现出高兴的样子，咳嗽了两声。他又递给老王一支烟，没想到老王回过来一个大大的巴掌，谢绝了。

"不吸了，喉咙不舒服。你说这话，咱哥俩见外了不是？都是自己的事。"老王又说。

离开时天快黑了，太阳有气无力地落山了。姜三爷走时特地回了头，他的目光一直停留在老王身上，想寻找到一个让自己满意的表情，可老王却一眼也没瞅姜三爷。姜三爷感觉自己年龄突然变大了，腰变弯了，头发变白了，皱纹增多了，说话也慢了。孩子的婚事还没着落，老两口在家中谈论时，突然感觉到某一天离开人世，会有点对不住小儿子。姜三爷老两口慢慢地认识到，不接受现实也不行。没有适龄的女孩子，那就从二婚里找最合适的，这也不是什么要命的事，有什么大不了的呢？总比让儿子打一辈子光棍好。

老两口想通了，就开始跟儿子商量，说二婚的也不错。一开始儿子死活不愿意，说："见了这么多，没有一个合适的，我真有那么差吗？我一辈子打光棍算了。"气得姜三爷老婆都哭了。她一哭，姜三爷就开始劝儿子："成不成是一回事，先见一见再说。"姜三爷让大儿子打电话劝孬娃，又让大儿媳妇劝，让二女儿劝，一家人都开始做他的工作，最后孬娃总算勉强同意了。孬娃同意后，可不知道怎么的，老两口却难受了好几天。

老王介绍了一个，这个女人是二婚，二十五岁，家庭条件也不错，卖化肥的。女人和之前的男人结婚没几天，男人就出去打工了，再也没回过家，后来女人才知道男人在外面又找了个相好的，现在男人回来了，两人办了离婚手续。姜三爷想打听两人是不是真的结婚没几天就分开了，但老王没回答，而是直接问姜三爷："你见不见啊？"

孬娃这次是开着小轿车去见面的，姜三爷期待着儿子有好结果，可是到了晚上，儿子还没有回来，老两口有点着急了，难道孬娃出了啥事？孬娃确实去见面了，在上午就见完面了。不过，孬娃很失望，这次见面的女人不爱说话，基本是他问一句女人回答一句。他去女人家的时候，女人的娘还用白眼珠看了看孬娃，不尊重人，这让孬娃心里更不爽。

女人问孬娃："这车是你的车吗？"

孬娃说："当然是了。"

女人就笑了，不再说什么。女人脸上已经有了皱纹，二十五岁的脸像三十五岁的，显得非常苍老。

孬娃对女人不满意，女人对他也不满意。两人没对上眼。

那天见完面，孬娃没有直接回家，他一个人开着车来到将军寺河边，望着流动的河水，在那里静静地坐着抽烟。麦子拔节了，向天空长着，青油油的，一片片向远处绵延。他抬起头，天空有些暗淡，模模糊糊的，快要与将军寺河连在一起了。

突然，孬娃看见一个人左右瞅了一下，蹲在了将军寺河沟边。

孬娃咽了一口唾沫，悄悄地跟过去，原来是一个女人在那里解手。孬娃看得入了神，竟然走向了女人。内心里压抑多年的东西像火山一样想爆发，他"噌"地按住了女人，女人倒在地上，身下的麦苗"咔嚓咔嚓"地倒了一地。四周空荡荡的，田野一下子安静下来，孬娃的心怦怦直跳。他开始撕女人的衣服，女人先是惊叫了一声，再也没有说话，目光望向暗淡的长空。女人只是反抗了一下，然后就一动不动了，她乞求道："你不要说出去，你不要说出去，我全听你的。"在孬娃的设想里，如果这样的事情发生，女人会大声喊叫，可是令他惊奇的是，女人没有大声喊叫，甚至没拼命反抗，更没有哭。孬娃盯着女人，一下子想起了什么。

"叫什么名字？"孬娃突然问了一句。

女人头一低，犹豫了一下："桃红。"

"桃红"——这个名字轰隆隆地撞击着他的心灵，孬娃一把推开了她。他想起了什么，十年前，这是他第一次见面的对象，没想到他俩又见面了，这是什么世界，转了一圈，一切都变了，一切又好像没变。他内心的火山熄灭了，再也提不起任何兴致，慢慢地爬起来，示意桃红离开，自己却坐在麦田里默默流泪。

将军寺河的水默默地向前流，沉闷而孤独。月亮升起来了，整个世界白花花、明晃晃的，澄净如这白月光。

故乡情

幸福的花子

前面就要见到太阳花了！

此时大概有十一点，我把胳膊抬起来，往眼前一晃：11:11，然后悠然地扶住车把。不知道为什么，好像每一次看表都是这个时间，11:11。这让我产生一种错觉，我是不是有什么特异功能呢，或者上天对我有什么安排，为什么这个数字老这样出现？

太阳也不知道躲到哪里去了，我一直在想，在见到太阳花之前是见不到太阳了，但这不影响我的心情，因为有她陪伴。一到这个地方，空气明显清新起来，有风，还有条河，只是有点凉气。我顺着路继续往前走，两边的大杨树结实地耸立在那里，一点一点向后移动，周围的绿意不由分说地闯入我的眼中。刚才的水泥路平平整整，现在这段土路有点颠簸，自行车一晃一晃的，我用力扶着车把，凭着感觉向前骑。

实际上，真正迷恋上骑车也就是近两年的事，这真是一件让人着魔的事，丢不掉了。坦白讲，骑行比不上划船、游泳，不用花太多的钱，对于我这个穷人来说，自是找乐子的好方法。说实在话，我喜欢永远在路上，可以了解到不同的风土人情，看高山流水，赏红花绿叶，感受一些奇妙的气息，永远保持活跃的思维。当然，更重要的是有她一路相伴，或者说随我流浪，就像寻找远方的天堂。现在我越来越觉得骑自行车还真是件快乐的事，以前怎么没有发现呢？

我骑着自行车，回头看她，她跟着我，速度不是很快，比起刚才慢了不少。她显然也看见了我，见我回头望她，骑车有点吃力，气喘吁吁的："你别跑，我要顺着你的车印子追到你！"她眯着眼睛望着我笑："我要踏遍山水去寻你！"四条车轱辘印子交织在一起，弯弯曲曲的。我喜欢她拼命追我的样子，不服输。

这是条土路，路上没有汽车，偶尔有电三轮经过。说实话，以前我没发现骑自行车是这么舒服和自由，现在想想，设计这种"扶而夹"的机械的设计者真是绝顶聪明。你可以灵活控制着车子，想走的时候蹬一脚，轮子便飞转起来，前进；想停的时候，握紧闸，车子便慢慢停下来，方便人以脚尖触地——这是一种遥望的姿态、幸福的姿态。其实，真正骑行的时候，自由的程度比想象中要高得多，不仅如此，还是全景天窗，自由自在，无拘无束，比窝在汽车壳子里舒展多了。在这里，我突然发现自己好富有：扑面而来的清新空气，绿色的植物，路两边开的花，悦耳的虫鸣，天空中飘着的白云，小鸟驮起的蓝天……这些都是我的，没有任何人跟我抢，睁开眼睛就能自由拥有这一切，闭上眼睛就可以把它们藏到心底。

她骑得很认真，紧紧地跟着我，没有人督促。有她在身边，生活真的蛮美的。我们骑着向前，遇到路口了，向左还是向右？随意走，不用在意方向、路标、目的地，管他呢，走到哪儿算哪儿，这不像在城里上下班打卡。这时候我发现，伸伸腰，大吼一声，用手把头发向后捋一下，用力蹬几下车子，车子向前滑动着，自在极了。我静静地坐在车子上，有时候双手伸向天空，大声地喊叫几下，真的很享受。

想想也是，大学最后这两年如果没有骑行，我还真不知道怎么过，读万卷书远不如行万里路，行万里路远不如和她相伴行。我的同学小胖经常说："生活是苦海，哪有什么甜味？"不过，之前他不这样说，他说："在学校读书才有诗意，生活才能有意义，可以抵挡世间的污浊，心灵也放飞了。"如今，小胖早就去挣钱了，他经常说，今天吃苦是为了明天不吃苦。唉，这小子现实了，或者说成长了。上次他见我，说："钱可以医治一切，可以唤醒一切，可以点燃一切。"听他这样说，我浑身不自在起来，害怕有一天自己也变成这样。我害怕自己变得世俗，变得现实，变得眼里只有钱，这样不好。

我回头看了看,她已经落在我后面了。我想找个理由停下来,不想让她看出来我是刻意在等她,我要照顾一下她的感受。骑车有一个多小时了,确实也累了,应该歇一会儿,这正是个理由。一辆农用机动三轮车开过来了,经过我们的时候,油门加大,尘土也随之飘起来。我赶紧靠在一边,用脚支撑着车子,捂住鼻子,顺便也等等她。

她弓着腰,用力地蹬着自行车,车轮子欢快地转动着,向前进。

这两年我已经习惯这样了,什么样的环境都经历过。与她一起骑车远行,脚下的路向后跑,前面新鲜的东西慢慢赶过来,拥抱又分开,相逢再分离。我不需要解释,那个眼神——她看我的眼神,柔柔软软,我明白那里面有什么,真的。我不能冷落她的爱意,我要加倍对她好,我怕良心不安,于是我马上还给她一个眼神,当然更加温柔,她同样也明白里面包含着什么。她嘴角上挑,头微微点,继续向前,我心里泛起一阵水波。我们一起骑行,她变得十分高兴,比给她买一些衣服还要高兴。我们相处整整两年零两个月了,每一天我都要数着日子过,这是很幸福的事。我一直认为她是个好女孩,是我心中理想的女子,有时候我一个人傻笑,后半生我肯定是个幸福的男人,有时候我在梦里都忍不住要大喊几声,真的。

她骑过我的身边,超过我,慢慢停下来,应该是在等我,然后用手往前指了指,远处阳光绽放:"你看,太阳花。"我疑惑地问道："哪儿有啊？"

老实说，我真的没有看见什么，周围只是些杂草和高高低低的灌木丛。

"哇，你看，你快看！太阳花！我早就说有的。"她喘着气，声音不大，这声音温柔地流入我的心田。

"在哪里？"

"你没有看见吗？那是什么？"她停了一下，又接着说，"咱们快去看看！"

"那好吧，咱们去看看，太阳花，我还没有见过哩。"我看看她，"就像你，不看可惜了。"我喜欢这种聊天方式。

对我而言，外面的世界还真是精彩。多看看天，多看看大自然，多感受一下外面高低不平的路，就感觉自己变得不一样了，内心一下子丰富多了，也变得充实起来，就像银耳泡在水中慢慢舒展开一样。不像在城里，没事就看看手机打发时间，在五六分钟一个车次的地铁中上了又下，下了又上，在散发着沥青味的马路上奔波，两边的高楼、曲曲折折的立交桥、敦实的水泥钢筋、咆哮的汽车，让人生厌。现在想想，在城里我根本不知道什么时候要停下来休息，天天只知道工作。我这个人脑子太笨了，有时候累死了自己都不知道，还在一直拼命地追求身外的东西。

早就该来外面透透气了，这里有太阳花，她最爱的太阳花。她开心，我就开心，什么都比不上她开心。我们来的这个地方，河水不多，但仍在流动，河两岸的草在疯长，高低不齐，多得迷人眼，自己就要被这些草包围了。我不想带走什么，也不想刻意去改变什么，对我而言，也许路过的风景是最美的风景，回忆往事的心情是最美的心情。真的，这些美景永远存在，无论我向前走过去，还是停在这里一动不动。世界这么大，我却错过了很多东西。每次骑行，我都为自己的新发现激动不已，像初恋一样。我不知道下一刻会发生什么事，越往前，越有新发现。

"哇，真的很好看！你看，你快看，就是这样的花！"她很惊奇，仿佛从来没有见过花一样。

她指的地方是一条小河，不宽，里面有青草、流水，有诗意——她一直说。我向她手指的方向望去，河对岸，一朵朵花昂着头，向着天空的方向，花骨朵不大，花蕊、花瓣、一丝一丝的黄花，一棵，两棵，很多棵。没有太阳，但不影响花的美丽。

"这是什么花？"

"我不是说过了吗？太阳花。"她掏出手机扫了一下，"你看你看，这是太阳花，我没说错吧。"手机上的一个软件确实显示这是太阳花。

有一条踩出来的小土路，弯弯地往前面延伸，直到天际。一股股炊烟升起，已经有人家在做饭了。好久没有见到炊烟了，这股股炊烟让我马上有了诗意，那曾经飘飘摇摇的感觉升腾起来,点燃在心间,地锅蒸的馒头、煮的红薯稀饭、炒的土鸡蛋……好久没尝过这种味道了。

"那咱们过河看看去。"

"不走了,累死了,看到美就行了,何必非要走到跟前看呢?以后再来看太阳花,你现在看什么呢?你快停下来,别去了。"她就像班主任一样,说一不二,不可商量,很厉害的样子。上大学时,她就喜欢这样,在我面前很"霸道"。不知道为何,她越是这样,我越是喜欢。你说,我这个人是不是有问题?

我把自行车停好,回过头想帮她把自行车停好,可她忽地把车子扔在地上,车子稳稳地回到了大地的怀抱中。她很少主动开口求我什么事,我太了解她了。在我面前,她总是证明自己不是多余的,"有胳膊有腿儿,为啥要靠你呢"?她感觉自己啥事都能做。现在换作我开始笑了,她也嘻嘻地笑,好像很懂我。我不知道原因,也许永远不知道,这样最好,心里美美的。

我们铺了一张毯子,顺势坐在上面。毯子上是卡通图案——大嘴猴张着大嘴。她有一颗童心——她说赤子之心最好,永远不能丢弃。以前,她经常与我分辩:"童心有什么不好?我最喜欢小孩子了,赤子之心多好,没有一点污染,不像你……"她噘起嘴。

"你呀你,总是这样瞧我,戴着有色眼镜看人。"我讨厌她这种态度,"社会太残酷,哪有你想的那样完美?"

"去去去,把你的那一套理论收起来吧!是不是又要说别人把我卖了,我还帮别人数钱?你呀你,我要忙活了。"她拿出出行所带的东西:穿的有内衣、牛仔裤;防护的有雨衣、褪色的头盔,还有治感冒和拉肚子的药,以及一个墨镜;便签本、牙刷牙膏、梳子、手电筒、能露出中指的手套、电动刮胡刀、旅游书、地图,还有我最爱读的书——凯鲁亚克的《在路上》;食物当然更不能少了,有面包、罐头、方便面和矿泉水。苹果,都是她吃,我不跟她抢;馒头,都是我吃,她从来不吃,说吃了长胖;喝水用开水杯,我从不带碳酸饮料,一是贵,二是对身体不好。这些都是在上一个城市补给的东西,大部分是她张罗的。

我们慢慢总结出规律了,骑上一天就要开始补充食物,否则很难继续下去。我们把食物拿出来,她一点一点分开,把我的那一份给我:"你先吃。"

"你先吃。"她对我这样好,我要更加拼命地对她好。

不知什么时候,有两个人走了过来。两人看样子不认识,但他们在谈论着什么,声音不大,听不见,只是看见他们的嘴一张一合的。一个人递过去一根烟,另一个人接住,然后点上,两人不再说话,却站在一起。这跟在城里形成鲜明对比,在城里,你接别人的香烟,是要充满警惕的。其中一个人显然看见了我们,他把烟蒂扔在地上,两人主动走过来跟我们说话。

"你们别往前走了。"一个人说。

"前面怎么了?"

"年轻人,前面是将军寺河,没路了。"另一个人说。

他们这样说话,在别人看来,感觉我们是熟人。"谢谢!"我说了一声,"来来来,一起吃点吧。"我热情地招呼他们。

"不了,不了!"两人摇摇头,说说笑笑地走远了。虽然他们没说"不客气",但我听着心里仍然很舒服。而且,"将军寺河"这个词一直在我脑海里转:难道这里出过将军?

她想走靠近河的路,那里景色一定更美。水从远方悄悄地流过来,又悄悄地流到远方去。停下来,拍照留念,这是一种宣告,宣告在一个地方开始,也宣告在一个地方结束。面对这样的景色,我一直在想以前的事。这时候,我才知道自己是一个多么恋旧的人。以前的种种在我心里变得很重要。见到一朵喇叭花,我马上想到把它别在耳朵上的小女孩;看到一棵半截树,我马上想到小时候拿着小刀在树身上刻字的情景;遇到麦秸垛,我想到村里有一个寡妇在那里和人偷情……如此美丽的景色和故事,别人都能发现吗?我暗自高兴,因为我发现了。

我扭头看,她嘴角向上挑着,现在她开始在草地上来回走动,停下来,嗅着花,似乎想到了什么开心事,美着呢。我不打扰她美丽的心情,看她这样,我的心里更美。

一天了,她确实有点累,满脸憔悴,显得很疲惫。我要展现我男子汉的形象,我站在她面前,说:"累吧?歇歇再走!"

她依然站在那里,张着嘴想说什么,却不知道要说什么或是张不开口。显然,她不想说自己累。

我坐在毯子上,打开书。每到一个地方,除了静静地看她,我总是喜欢打开书,让风自然吹拂,哗哗地翻上几页,然后慢慢读上几分钟,心灵马上就可以饱满起来。这是大自然对我的恩赐和馈赠,我是一个非常幸福的人,不是吗?

她躺在我的身边,确实累坏了。

"你看,植物真神奇,比人可强多了,它们靠着根就能与大地相通。"她莫名其妙地说了这样一句话。

"你也是唯心主义者啊,哪有这么多神奇的事情?是你的心神奇。"

"你不知道吗?人是有灵魂的。"她小声说,眼睛四下看看,"树有灵性,河水有灵性,路也是有灵性的!"她忽闪着眼睛。风轻轻吹过,有点点的凉意。我有一种担心,这样的灵性不会附上她的肉体吧。我想开个玩笑,但看她有点累,就打消了这个念头。

她睡着了,上一秒还说着话,下一秒就睡着了。我抱着她,想着结婚后再生个古灵精怪的女儿,像她,多好。以前她说过,如果生个女儿,小名就叫太阳花。我也喜欢这个名字,当时还傻乎乎地问了一句:"如果是男孩呢?叫太阳雨吧。"她狠狠地打了我一拳,我感觉莫名其妙,"太阳雨"这名字还挺好的啊。

后来,她醒了,我的腿被她压得有点麻。我站起来,想活动活动。这时我咧着嘴,嘴里"嘘嘘"地喊着,站起来摇晃地走了几步。她揉着眼,往前面看:"你看,我说是吧?"

"什么呀?"

"我没有骗你吧,真有大坝!"

其实,我早就看到了,没想到她还记着。

"就在前边!往前边走,咱们去看看吧。"

"走,看看就看看!"我放下书,不能扫她的兴。

她高兴,我也高兴。那是一座坝,离这里有五六百米。我已经学会了估算距离,只需要看上一眼,就能大概猜出事物与我的距离,这也是在骑行中学会的。我没有想到她对这破旧的大坝感兴趣,这有什么好看的呢?原来我以为她只对太阳花感兴趣。

我们来到大坝旁,大坝上面掉了不少漆,白灰斑驳,夹杂着一些泥巴,上面的黑字清晰地记录着这大坝的名字——"将军寺大坝"和它的承建时间。这里多是矮树,没有树木,河里有一头腐烂的猪,小虫子在上面嗡嗡地飞,死猪的肚子鼓鼓的,像一个胀起来的大气球。我扶着她,她的手冰凉冰凉的,她把头抬起来,眼巴巴地望着我。

"你还好吗?"我问她,不知道她突然间怎么了。

她一直没有说话,一副心事重重的样子。后来,她开始流泪,泪水掉进河里,随着河水流向远方。我看到我的影子和她的影子合在一起。我把她抱得很紧很紧,算是一种安慰。我的手不停地拍着她的后背，好让她平复下来。

　　不知过了多长时间，她总算调整好了，仰着头笑，眼睫毛上还残留着泪珠子。她捡起河边的瓦片，向河水中扔去，瓦片昂着头，画了一个个圆圈，渐渐沉入河水里，圆圈也慢慢消失。歇好了，再次出发，根本看不出来她刚刚才哭过。

　　车子吱吱地响，有自己的节奏，车轮每转上一圈，车子都要吱一声。这辆车子行了至少有三千多公里，本来想把它换掉，可我舍不得。新东西我是喜欢，可旧东西我也爱得要命，车上的每个零件我都能说上一段故事。车篮处有个螺丝掉了，早就该换了，可是没有螺丝，我直接找根绳子系住了。难道这次出来没有带工具箱吗？我明明带着的，可能是在哪里丢了。骑行丢东西是常有的事。

　　现在她骑得不慢，歇了一会儿，显然更有力气了。她在后面差不多要追上我了。一个弓着腰、拉着架子车的人迎面走来，走得不快，很吃力，稳稳的。我们很快超过了他。

　　出乎意料，天气预报不准，天阴了，开始起风了。我最怕这种鬼天气，很让人讨厌。看样子要遭遇大雨了，这是骑行中最让人难忘的。像有人在上面洒水，眼是睁不开了，我眯缝着眼睛，屏住呼吸向前骑，多想赶快找到一个避雨的地方啊！老天是多情的，刚才给你一个拥抱，不是因为你好；现在狠狠下雨，也不是因为你坏。拿出雨衣，我赶紧给她披上去，我们有准备。雨哗哗地下着，她乖乖地把身子钻了进去。

旁边有一个窑厂，高高的，上面坍塌了不少，下面有一个洞，我们忙进去避雨。里面有一股股尿臭味，难闻死了。她咳嗽起来，止不住。我一直认为要好好照顾她，她是这么好，我要好好对她，这是与她在一起养成的责任感。看她咳弯了腰，我心里过意不去。原本我以为她吃不了骑行这种苦，会找种种理由停下来，可是我错了，她从来没有放弃过一次。

雨停了，但天空没有出现彩虹，空气中有股青草的味道。我们推着车子向前走，车子笨重多了。我特意走在后面，一只手推着我的车子，另一只手时不时地给她的车子使劲。

那是段泥泞的路，鞋子上沾满了泥巴，我踩在草地上，又刻意把鞋子斜着擦了擦，泥巴一块一块掉下来，躺在草丛里面。前面是一条小河，将军寺河，听说过了这条河就能步入柏油路了，路况不会像现在这样差。果然，前面就是宽阔的路。她哈哈大笑起来。骑上车子，我们下了大坡，车子往下冲，耳边是呼啦啦的风声。我们又向上爬，吭哧吭哧地向前骑。她也一样，憋得脸红红的。

双向八车道，前面汽车不少，有种回到城市的感觉。离将军寺村越来越远了，喧嚣瞬间包围过来。汽车像一个又一个很骨感的小盒子，呼呼地一辆接着一辆向前跑。我重新骑上去，她跟在我的后面，骑得不快，但很有力量。这不是结束，应该是刚刚开始或者全新的开始吧。每一次都是新鲜的，就像恋爱的感觉，很有魔力。每到一个新地方，感觉也都是新鲜的。我对骑行讨厌不起来。突然，我回头看了她一眼，发现她竟然也看了我一眼。我们没有说话。

路旁，太阳花迎着太阳开得正艳。

这是一年前的事了。去年这一天，我和她约好一起骑行穿过黄河大桥。那天下着大雨，视线不太好，就在即将穿过黄河大桥时，一辆大卡车压了过来……她最怕在雨天睡觉，可是却在那天永远睡熟了。直到现在，我依然痛恨自己，如果可以选择，为何先走的不是我？

此时，我一个人骑在单车上，想着以前的事儿，心里空空荡荡的。愿太阳花开在她身边，在将军寺村的阳光中，时刻给她带来温暖和陪伴。

父亲的双头鸡

一

父亲从不在白天做笼子,只在有月光的晚上做,他这个习惯不是一年两年了,从我记事儿起就这样。那时候我就好奇:白天做笼子,眼睛还能看得见,这晚上做,能看见吗?这夜黑了吧唧的,能干啥?父亲眼一瞪,不搭理我,他从来都是这个样子,容不得别人质疑自己。接着,院子里又传来了叮叮当当的响声,瘦削的男人继续抡起斧子,力量不能算大,照着地上的木头劈去,一下又一下,直到把那些倔强的木料一一肢解、砍碎。木头屑飞出老高,白花花的月光碎了一地。父亲弯着腰,喘着粗气,抡不了几下就要停下来歇歇,然后接着做。他不想就这样认输,不过很明显他没有多少劲儿,但他一刻也不愿意放弃，别看他已经六十多岁了，干起活来那精气神还想赶上小伙子。

要凭想象做一个笼子，这是父亲一直以来的梦想，他一刻也不想停下。他想造一个笼子装那只怪物，但是笼子装了拆，拆了装，到现在都没有最终做好。村里人说，父亲做笼子是要装那只双头鸡，可那只双头鸡在什么地方呢？我从没见过什么双头鸡，鸡怎么会有双头的呢？我家养过鸡，我专门观察过，鸡哪有两个头？我对这件事很疑惑，最初以为是父亲在讲笑话，后来老瓦也这样说，我觉得他疯了，最后大家都这样说，我开始怀疑是我的认知出了问题。

父亲所说的双头鸡到底存在不存在？反正我是不相信，如果存在，那玩意儿也是在云彩眼里。我打听了一下，事实上，不仅我没有见过什么双头鸡，就连我们将军寺村也没有人敢承认真正见过。我悄悄问过同龄人三妹，她第一次听到这个问题，当时就愣住了，用手摸一下我的额头，又摸一下她的额头，然后自言自语："你不烧啊。"但是，将军寺村的人不知道怎么的，对这怪物有说不完的话题。事实上，双头鸡也只是在一些上了年纪的人的嘴中相互传着，我也隐隐约约知道有双头鸡这回事儿——都是以前的事儿。现在村里要是谁谈论双头鸡，大家都伸长脖子详细打听，露出疑惑的表情，不亚于外星人来到村里。反正三妹从不相信这些，只要听谁这样说，她准会摇头，身体一扭就走开。

老瓦不止一次对我说起双头鸡的事情,他好像知道得很清楚,如同在现场一样。从他口中,我慢慢了解到许多其他的内容和细节。每一次他都会像模像样地对我说:"上年纪的人都知道,你有一个哥哥。"

我就想知道答案,问他:"我怎么没见过?"

老瓦微笑着说:"你当然没见过,那时你才两三岁吧,你哥哥七八岁的样子,他被双头鸡啄去了,上了年纪的人都知道。"

"被什么啄去了?"

"当然是双头鸡,那个怪物。"

老瓦开始对我描述双头鸡,不过每次描述得都不一样,我都不知道是不是要相信他,很显然他也没有见过,否则他不会前言不搭后语的。他一开始说双头鸡长着一个鸡头一个鸭头,还会吞火;说着说着就变了,变成了双头鸡的其中一个头有驴头那么大,另一个头特别小,就跟鸡头差不多;过不了多长时间,他又会说那不是鸡,是蛇,两个头,蛇嘴里刚吃了鸡……老瓦说的不少,但每一次都不一样,我听得多了,就怀疑双头鸡可能是假的。不过,他说的有一点是确切的,就是那只双头鸡经常出入南窑一带,也就是将军寺河的北岸边。据他说,双头鸡长着一身鲜艳羽毛,一半是公鸡,一半是母鸡,白天喊太阳,晚上唤月亮,阴雨天站在杨树梢上,要是村里谁不听话,这家伙就会啄走谁,然后吃掉。

"你哥哥那小子,爱去那里玩,手闲不住,拔了里面的草,动了里面的地气——你知道,有些东西真不能动,你别不信,他被双头鸡啄走了——还是在大白天。"

原来是这样,也就是从那时候起,我才知道妈妈消失的原因。自从哥哥消失后,妈妈开始去找哥哥。妈妈找了哥哥好多年,再也没有回来——这是父亲告诉我的,我从两三岁起就没有见过妈妈。父亲还说,妈妈什么时候找到哥哥就什么时候回来。到现在哥哥还没有找到,我想妈妈不会回来了。我心里早就不抱希望了。

父亲知道了这件事,不住地埋怨老瓦,怪他告诉我太多事。他嘴里衔着一支烟,吐了个烟圈,生气地说:"这事你不该告诉孩子,他还小。"父亲直勾勾地盯着老瓦,像警察审问犯人一样。那次他故意没有给老瓦让烟,老瓦气呼呼地走了:"神经病,你那点破事,好像谁愿意讲似的。"

两个人吵了一架,父亲决定不再理老瓦,老瓦也不想再理父亲这个神经病。他终于说了那句早就想说而没有说的话——"你个神经病,我才懒得搭理你"!父亲也憋足了劲儿,头一扭,说:"我以后要是理你,我就是个狗。"

那年我十五岁,马上要上高中了,年纪到了说大不大说小不小的时候,啥事心里也都清楚,可我不明白父亲为什么这么介意我知道妈妈的事。自从妈妈消失后,自从三妹随她父亲搬到镇上后,父亲就是我在这世上最亲的人了,除了父亲,我什么都没有了。

他终于要歇一会儿了,他太老了,虽然他一直不愿意承认。他坚持要做一个鸡笼子,能装得下那只双头鸡的鸡笼子。他要去为我的哥哥报仇——那只双头鸡啄走了他的大儿子。我想打听一些关于妈妈的事,看到父亲这样子,我有点不开心,他竟然当着我的面不让老瓦告诉我。我装作无所谓的样子快步向父亲走去,我不能让他看出我不开心。

二

这些年,父亲确实去抓过一次双头鸡,真的,虽然我没有亲眼看见,但老瓦向我说起过。确实,老瓦啥事都知道,还特别爱对我说。

老瓦说,父亲是在一个血色的黄昏去抓双头鸡的,虽然他是悄悄到了南窑,但全将军寺村的人都知道了。大家从家里、河里或庄稼地里走出来,啥事都不干了,就想看看双头鸡长啥样,啥事能比这事重要呢?大家庄重地注视着父亲,就像参加一个重要的仪式,南窑那时候成了狂欢地。

"你知道吗?"老瓦继续对我说,"将军寺河边的那个南窑,当初是烧砖用的,上世纪八九十年代,村里盖房子没有钱买砖,大多都是自家摔砖坯子,然后再去南窑烧成砖。南窑废弃后,里边就长了树棵子,杂草丛生,经常有不知名的虫子出入,还有蛇、兔子、黄鼠狼,里面阴森森、黑乎乎的。"老瓦说着就张牙舞爪地吓我，我一害怕，他就特别兴奋。

南窑旁边就是将军寺河，河水现在不多了，双头鸡会出现在水里？我感觉不太可能。小孩子平时没有大人跟着，也不敢到这地方去玩，他们总担心里面会冒出来啥。我一直不相信那只双头鸡在这里，或者说不相信它会被父亲抓住，他这个鸡笼子什么时候能发挥作用呢？

父亲真没有什么神奇的本领，他冲向南窑，手里拿把铁锹，他把铁锹的一头插入黄土中，让另一头倔强地伸向天空。接着，他用双手笨拙地拎着那个鸡笼子，鸡笼子足足有四五十厘米高，一米宽，应该能装下双头鸡。南窑外面是杂草、树棵子，高高低低的，他的膝盖很快被淹没了。窑洞深得很，不知道里面有什么东西，平时也很少有人敢进去。那天，父亲钻进窑洞半天，没有发现双头鸡，只发现了一只会飞的野鸡。野鸡一下子飞到鸡笼子上，朝着天空昂着头。父亲去追时，那只野鸡扑扇了几下翅膀，轻巧地掠过树梢，飞走了。父亲更生气了，拼命去追，像只失败的公羊，但最终没有追上。

老瓦说，那天父亲并没有一无所获，从草丛里跑出来一只倒霉的兔子，父亲也许正在气头上，竟一铁锹把兔子打死了。村里人都说那兔子肉不错，吃起来真香。

"你爹只要见到村里人准会让一番，让别人吃上一块儿，他一直有与别人分享东西的好习惯，不小气。但他真的没有抓住那只野鸡，更别提双头鸡了——那里怎么可能有双头鸡呢？

这话骗小孩子还可以,可你爹就是不信。"老瓦继续说,"你爹真是病了,你有空赶紧带他到医院看看吧,千万别耽误了。"我走了好远,老瓦还高声喊:"我说的话你可当回事儿。"

三

我大学毕业那年,父亲的鸡笼子还没有做好,准确地说是装了拆,拆了装,最终没有定型。老瓦说:"你父亲就是要到那里抓双头鸡,即使那里有双头鸡,也早就飞出去了。"他说完,转身的时候撇撇嘴,但我还是看到了不屑的表情,心情非常复杂。"你爹,要我看呀,八九不正常。那鸡笼子早就做好了,又拆了,他这是要装他自己呀。你要是孝顺,就赶紧带他到医院看看,以前我跟你说,你不当回事,现在该当回事了。"

为了这件事,我决定专门和父亲谈一下。刚开始我不知道怎么开口,有些话憋在心里久了,等真正要说的时候,却不知道如何讲了。父亲好像看出了我的心思,故作轻松地说:"你怎么了?想说啥就直说吧。"到这时,我知道自己要说些什么了,我没有直接劝父亲,而是换个思路,给他提了一个建议:"爸,双头鸡也在长大,你的笼子还是做这么大,装不下它的。"父亲听了,不仅没有生气,反而眉头一松,说:"我怎么没有想到呢,你说得对。"他高兴得像个孩子,我感到有点可悲,他这心思要是用在其他地方,干啥事都成功了。

说真的，我真想带父亲去医院检查检查，怎么说我也是一个上过大学的人，是一个无神论者，我不相信那些神神怪怪的东西，我相信科学，啥事都得有依据。我要劝劝父亲，不是因为老瓦这样对我说，我也早想着劝劝父亲，毕竟这事一直摆在那里也不是办法。现在有一种人，总是活在自己的世界里，他们好像陷入了一个怪圈，跳不出来，总感觉事情是心中所想的样子，可事实上不是，他们只是一厢情愿地那样想。当我把想法说给他听时，他马上反对我："你别管我，我没事，你看我像是有事吗？你是不是希望我有点啥事？"这是什么话！那时候我本来准备了好多话，想继续劝他，可他站起身走了，留给我一个背影。走了好远，父亲转过头对我说："你不知道，你小孩子根本就不知道，有些事情你不明白，你永远也不明白。"父亲不爱抬杠，尤其是对我。我倒希望父亲跟我抬杠，这样我就可以跟他多说几句话，我们或许还可以商量一下。

没过几天，父亲又开始采取别的行动了，他竟然慢慢地喜欢到南窑住。谁会喜欢那地方呢，自己家好好的房子不住，说他不是傻子谁信呢？但父亲坚持每隔几天去住一次，晚上去，睡一夜，天亮再回家，这样过了差不多有半个月。那段时间父亲的脸色很不好，状态也不行，虽然眼睛有神采，但看得出他很疲倦。老瓦说父亲的身体不太好，他总是咳嗽，有时候还咳出了血块。有一次还是他带着父亲到了那里，父亲不让老瓦告诉我，但老瓦还是偷偷地告诉我了。

那年秋天，一切都变得荒凉起来，风把树枝子都吹折了，地上撒了一层发黄的树叶子，南窑变得空旷起来，土跟着风飘浮在半空中，土黄的天空压下来。一到晚上，父亲带着他的鸡笼子，跨过洒满月光的将军寺河去到那里，他从不管别人怎么看他。他随身携带的，除了鸡笼子，还有馒头、矿灯、雨伞、开水瓶，像在进行一次短途旅行。他身后，是愣在原地的人群，大家看见父亲，本来说着什么，竟也不说了，只是看着父亲慢慢地走过去。这么多年过去了，父亲好像没有受到其他人的一丁点儿影响，他一直坚持内心的想法。大家不是在看他的笑话，而是用一种很崇拜的目光望着父亲——一个活在自己世界中的人。待父亲走远后，大家估计父亲听不到声音了，又开始小声地议论着什么。大家议论的内容，我从不去听，也懒得听，不用听我也能猜到，肯定说啥的都有。在村里，被大家议论最多的，一个是父亲，一个是三妹。父亲就是这种状况，而三妹到南方打工后，回来在县城买了房子，但大家说啥的都有，认为她的钱不干净。父亲说："嘴在别人身上长着，他们说啥咱又管不住。"

这种状况持续有一段时间了，后来父亲却不见了，好像将军寺河的水，水还在，却不是原来的样子。父亲永远地消失了，也不知道是哪一天消失的。知道这个消息后，我赶紧从县城回来去南窑找父亲，老瓦拄着拐，非要跟我去看看，父亲是他一辈子的朋友。穿过村子，沿着将军寺河的河沿，我们终于来到南窑。南窑那破碎的土坯,横生的野草,凋零一地的野花,一下子击中了我的内心。老瓦望着这个地方,像是第一次见到,很熟悉,很陌生。里面有麻雀正在找食,我们一去,它们马上扑棱棱飞出来了,落在不远处。这里面怎么可能有人呢?本来我还想着能在哪个角落里找到父亲,或者他会突然从某棵树后面走出来,可我几乎瞅遍了每一棵树、每一个土堆,都没有见到父亲。

我不得不相信,父亲消失了,凭空消失了。

我在老家住了一夜,老瓦陪着我,他向我讲了这么多年关于父亲的事,话里话外有点埋怨我对父亲照顾不周的意思,我也没法反驳。夜色像流水,有点凉。半夜的时候,我迷迷糊糊地看见一个人带着关切的眼神飘过来,他伸出手拉住我的手。他像我的父亲。我对他说:"你不能走,爸爸,你去了哪里?那只双头鸡抓住了吗?"父亲的手粗糙得让我心疼,我紧握着,不愿意松开。后来父亲头也不回地走了,只留下一片虚无的黑,我不知道他又要到哪里去,我不想让他走,我拼命地抓住他,嘴里不住地喊着"爸爸,别走"。

我又想伸出手的时候,醒了,发现手里握着的是老瓦的手,他正盯着我。见我醒了,他先是点了点头,对我笑了笑,说:"孩子,你怎么了?怎么一直在说梦话呢?"然后又自言自语:"没事就好,你爹没了,你可不能有个三长两短呀!万一你哥和你娘有一天回来了,见不到家人,该有多伤心呀!"

四

　　三十岁那一年是我参加工作的第五年。

　　不用猜，那段时间只要是她打电话来，我就知道准没有好事，不是讲房子就是要车子。已经是第三天了，很遗憾，我依然没有借到钱，没有钱就买不到房子，没有房子她就不可能回来——其实，就是有了钱她也不可能回来。这也不能怪我，哪有一弯腰就能把钱捡起来的？这样的好运气轮不到我。现在我不想接她的电话，不是因为怕她，而是不敢面对她。当然，作为一个男人，我感觉丢不起人。

　　我打算带父亲来县城。为了让父亲有一间房，我把原来租住的一居室换成了三居室。那时我工作并不顺利，又加上她依然对我爱搭不理的，心里甭提多糟糕了。为了租大一点的房子，我每个月要多承受七百元的房租。我开始重新给自己定位，要从自身方面找原因，钱不是说有就有的，那需要多少年的积累。

　　那时候父亲依然为双头鸡的事踌躇满志，我开始慢慢思考接下来的路，尤其是三妹开始重新走入我的生活。不得不说，妻子变了，不像当初那样温柔，也没有那样不在乎物质，真的，女人怎么说变就变呢？以前不是这样的。刚认识她时，她穿一条粉色的裙子，从来没有刻意打扮，但总是把最好的一面留给我。我们在大学时，曾许下过海誓山盟，她是那样古灵精怪，从来没有在乎过物质——至少我这样认为,当初我也是因为这个才选择追求她的。现在我真有点想不明白,环境怎么这么快就能改变一个人呢?

她总在时不时地膈应我,我拿她没办法,我当然想成为一个好男人。我拼命地站在她的角度思考问题,觉得女人这样要求也并不过分。但对于我这样的人,现在可真悲惨,白天忙工作时状态还可以,可是到了晚上,一个人面对着偌大的县城,心里总会充满悲凉,觉得这么大的世界没有属于我的地方。

不过,我的内心已经没有时间考虑女人了,作为儿子,我对父亲越来越担心。双头鸡的事慢慢远离我的世界,鸡笼子的事也在慢慢远离,现在父亲消失了,我所有的计划只能搁浅。首要的事就是找到父亲,找不到父亲,我心里没底儿,感觉自己是个没用的儿子,就像一个不称职的父亲把自己的儿子弄丢了一样。现在,双头鸡对于我来说就是一个怪谈,我不再相信,也不能相信——这对于我来说,并不能解决任何问题。我要找到父亲,把父亲弄到身边来,哪怕他天天叮叮当当地做鸡笼子,哪怕他依然兴冲冲地捉双头鸡,哪怕他的身后依然有一群人看热闹。

五

已经有一个月了,父亲还是没有回来,我也没有半点他的消息。父亲到底去了哪里呢？他怎么就这样轻易放弃捉双头鸡的念头呢？他真的消失了吗？没有父亲在身边，我在这个世界上真的是孤身一人了，心里总感觉空空的。父亲的影子开始慢慢淡出我的脑海，有一阵子我就开始担心，万一哪天父亲来到我身边，我怕真不认识他了。我努力让父亲的影子再次出现在我的脑海里，我不敢忘记父亲。

这些天，三妹经常来看我，她老劝我："不用担心，叔该回来的时候会回来的。"三妹这样说着，还用手抚摩我的头，我的心慢慢平静下来，眼睛盯着她，看她急促呼吸的鼻子上面出现了几滴汗珠。她的手真温暖，让我一下子回到了小时候快乐的时光里。不过比起以前，三妹确实话少得多了。她现在不像我的三妹，倒像是个妈妈，挺会照顾人的，给人的感觉暖暖的。其实，三妹的生活并不太好，她刚刚失去丈夫。这个三妹，我们小时候一起长大，后来她搬到镇上，退了学，帮家里料理生意。我考上大学那年，在南方的发廊里遇到了她，那时她已经学理发三年了。

"你这衣服多长时间没洗了？赶紧脱下来，我给你洗洗。"三妹这样说着，手开始伸向我，像小时候那样，从来没有拿我当外人。我当然没脱，怎么可能让三妹洗呢？尽管我很想这样做，但理智让我停止了这种想法。对于三妹，我深感亏欠，感觉自己深深地伤害过她。我依然忘不了在南方那座城市里与她偶然相遇的事，那是我第一次那么伤心地为一个女人流下眼泪。

那时候，我本来去找乐子，可在陌生的房间里竟然遇见了她，她笑得无奈："我不是三妹。"这么多年了，我心里还在不安，三妹这六七年来的生活并不太好，我把原因归于我并不是因为我有多高尚。

这么多年过去了，她依然这样安慰我。她的笑从我的耳边传到心间，透着亲切。她一笑就用手抚摩我。我很喜欢看到她这样开心，但她越是这样开心，我心里反而越感觉对不住她。坦白讲，我这样一个人，现在像条伤痕累累的狗，需要主人多看一眼，真的，哪怕只是一眼。

在三妹的安慰中，我沉沉睡去。我做了一个梦，梦里来到将军寺河边，那条流淌在我灵魂深处的河。在将军寺河的河沿上，一个男孩远远地走过来了。将军寺河的流水哗哗地响，白云一朵朵铺在水面上，随着水波晃动。一个中年男人跟在男孩后面，他的眼睛一直盯着男孩，看得出他很开心。后来，在一片树荫中，男人停下来了，他吹着河风，很是惬意。他先是站着，后来就靠着树坐着，又过了一会儿睡着了，一动也不动。那天那个男人绝对不会缺少这个觉，多少年后他的内心肯定还在为这事后悔，一个不可原谅的疏忽穿透时光，再也无法弥补，成为永远的遗憾。

阳光慢慢毒辣起来，太热了，正是中午鬼拉车的时候。男人醒来时，那个一蹦一跳的男孩不见了。男人左跑右跑，扯着嗓子喊，但四周一片安静，没有任何回应。后来，一个女人跑过来，不由分说地向将军寺河跳进去，没有半点犹豫。河水很快漫过女人的身子，女人露出头，拼命呼喊，沉下去，浮上来……男人傻了，不知道在想什么，只是捂住头哭。将军寺河的水依然在慢慢流淌，没有一点停留的意思。六月的河水流速很快，很多东西一到里面就找不见了。

我在梦里对着将军寺河失声喊叫起来："不要！不要！"

"怎么了，你？"

睁开眼，我看见自己正狠狠地抓住三妹的手，她没有躲避。

我没有说话，一下子站起来，迈开步子，开始奔跑。我明白父亲这些年来努力的意义了，那一个个鸡笼子就是一个个日子，他不能忘记的日子。我依然向前跑，一点也不想停下来，尽管三妹在身后大声问："你怎么了？你怎么了？"那一阵子，我不敢停下来，除了三妹，好像身后还有什么东西追着我，比如时间的影子，比如父亲的鸡笼子，比如那只双头鸡；而我的前面又有许多东西，比如时间的影子，比如父亲的鸡笼子，比如那只双头鸡……我不想停下来，哪怕一点力气也没有，我怕我一停下就瘫软在地，我怕错过前面的任何东西。前面，应该就在前面，肯定有什么东西等着我。我放开脚步，继续跑，憋着那口劲儿，生怕错过什么。

这出戏不好唱

老鳖回到老家将军寺村时,西方的天空暗红暗红的,他黝黑的脸被映成了古铜色。

大年三十这天,村里外出打工的人从天南海北赶回来了,人比平时多了,村里变得热闹起来。他们在城里打工,逐渐变得精明起来,口袋鼓起来了,头发抿得光亮,腰杆也挺直了,甚至还微微向后仰,见到村里人就不住地咳嗽,怕别人看不到似的。中午贴完门对子,噼里啪啦的鞭炮声震得将军寺河的水直晃荡,空气中弥漫着火药味儿,呛得人喘不过气。村里人闲不住,涌到大街上聊天,小孩子追来跑去。

远远地有一辆厢式货车沿着将军寺河沿缓缓而来。坦白讲,村里没人开这种货车回家过年,大家在外拼搏虽不容易,可回家时谁也不愿把在外打拼的痕迹展现出来,这涉及面子问题。想想也是，两口子外出打工两三年就能买个十来万的车，买车不是什么难事。过年回家开辆小轿车、越野车，那多有面子，多风光，多让人羡慕。

当大家盯着厢式货车起疑惑时，老鳖走下来了。最先看到老鳖的是快嘴李婶，她正与几个人云里雾里地聊天，一看见老鳖，突然不说话了，面带惊奇地扯着嗓子想喊什么，却始终没有喊出一个字，憋到最后总算憋出一句："那不是老鳖吗？"有人回头，有人抬头，有人谈论，有人打量。没错，还真是老鳖。

老鳖的腮帮子圆鼓鼓的，头发梳得一绺一绺的——头发太少，细数可数出来有几根，黑皮鞋擦得油光可鉴。他背着手慢慢踱到人群中，拉开黑色皮衣拉锁，露出白色带褶皱的衬衣。他悠闲地从怀里夹出一盒烟，慢条斯理地撕开烟盒，红色烟盒上印着白色的天安门前的华表。那是中华烟，将军寺村谁也没给别人让过这种高档烟，就是有，也是自己蹲在角落里偷偷抽，好东西让别人抽怪可惜。

"这些年去哪儿了？"有人开始找话。村里人还是很热情的。

有人接着说："这是发财了呀！"

"去城里了。"老鳖回答，然后开始咳嗽，"我明天唱戏，儿子考上研究生了。"显然老鳖不是感冒了，大家发现，消失多年的老鳖添了一个毛病，说上一句话总要不自觉地咳嗽一下，可他身体没啥毛病呀。

"发啥财？混口饭吃，还是家好！"他继续说。老鳖散了整整一圈子烟，连蹲在电线杆旁边的疯四爷都没漏掉。散完烟后，他又不紧不慢地说："明儿都来听戏，要唱三天哩。"老鳖说完，一摇一晃地走开了。疯四爷拿上烟举在眼前瞅半天，流着口水大声喊："烟，烟！"别人见他这样纷纷摇头走开，嘟囔着："没出息！"自己却点上烟吞云吐雾偷偷享受去了。

老鳖一离开，男人女人叽叽喳喳地聊开了。有人说："唱戏？老鳖这家伙是不是疯了？这大过年的，他唱个屁戏啊？"又有人说："你看看人家这烟，中华啊！一根能顶四五个白面馒头！"那人狠狠地吸一口，然后不忍吐出口中的烟圈，"扑——哧——"很享受，这烟味儿好闻。

除夕，村里家家户户热闹多了，而且新增了一个话题，媳妇骂老公没出息又多了一个更具有说服力的理由：看人家老鳖可把脖子伸长了，你还不如人家。男人抬不起来头，也不与媳妇争辩，只是生闷气。

提起老鳖，凡是上年纪的人都知道他。二十年前，老鳖的名声落得可不怎么好，人们说起他都牙根子痒。他是村里的二流子，天天游手好闲，不务正业，牵羊偷鸡，点麦秸垛，刮树皮，给鱼塘下农药……村里人都躲着他走，没事和这种人缠啥？有一段时间，老鳖穷得甚至没钱买盐吃，只好去代销点赊盐，还口口声声说"不就几毛钱吗？等有钱老子就还你"！刚开始，代销点不赊给他，老鳖硬赖着不走，一屁股坐在地上撒泼，死缠硬磨，店主勉强同意赊给他。可如今店主都死好多年了，老鳖还没把钱还上——也许早就忘了，也许又装赖，反正死无对证。

大概十五年前，对，就是十五年前，老鳖在将军寺村突然成了个厉害人物，就像村上的老母鸡下了个三黄蛋一样。本来他大字不识一个，却不知怎么摇身一变成了公安局的人——那是真的，快嘴李婶就能做证，她说见过老鳖开个破警车到处晃悠，穿一身并不怎么得体的警服，那身警服明显不合身，就像一只大鹅穿件西装，也不知道从哪里弄来的，尤其是那裤子，永远提不上，耷拉个裤裆。老鳖从没戴过大檐帽，裤腰带里也没别枪——谁知道他到底是不是真警察。对此也有人质疑过，说老鳖穿的是保安服，但质疑声很快被压下去了。将军寺村的人哪见过这种架势，反正沾上公安不是什么好事，不管是真是假，人们见他就像躲瘟神一样，甚至有点怕他，毕竟谁也不愿进监狱。

不过老鳖那架势可不像是瞎晃，村里人说他有自己的想法，这家伙心里鬼精着哩。后来人们发现，他专门找十里八村难办的案子。遇到谁家有积压多年的难缠案子找老鳖，他能想法办好，还绝对包满意。老鳖经常说："不是给你吹牛，就我一个电话。"还真别说，他还真把事情办好了，但这不是义务劳动，要有好处费。"找人家办事光靠耍嘴皮子不行，汽车不能烧水，得有这个。"他的手开始比画，明眼人一看就懂，那是在要钱。至于要多少钱谁也不清楚，多少的都有，千儿八百，万儿八千，这没标准，很灵活。他从不明码标价，看谁家条件好就要的高，条件不好就少要点。村东头张三爷家的儿子，有次在官路上扒车被抓进去了，就是老鳖帮忙办成的，听说本来要关一年，结果不到半个月就放出来了，据说花了五千块。

老辈人都知道，老鳖那是遇到贵人了，否则他怎么能穿上警服？也难怪大家这样想，在将军寺村老鳖他算老几？他有啥大本事？啥好事会轮到他？谁会找他办事呢？就算找他，他一个二流子能办成啥事？就冲他三十岁还没结婚，满村人都瞧不起他。在将军寺村有个不成文的规矩，过了二十五六岁，媒人要是踏破门前石，说明此人有本事，眼光高，看不上人家。可是，老鳖恰恰相反，都三十岁了，还没人去给他说媒。想想也是，谁愿把闺女嫁给二流子？这不是作践自己吗？

那时候爸爸不止一次找过他，劝他早收手，走正道，成个家，别坏良心。老鳖低着头，什么也不说，像认同了爸爸的话。爸爸是村主任，说话多少有点分量。后来爸爸介绍邻村的寡妇给老鳖，她刚死了男人，带着一个小子。老鳖绝对烧了高香，那寡妇竟愿意嫁给他，老鳖一结婚就当爹，一点不介意。他把女人当成宝贝疙瘩，把小孩当成自己的亲儿子，好东西舍不得吃，都让娘儿俩吃。他慢慢收住性子，竟然开始顾家。老鳖能变好，爸爸看在眼里，喜在心里。村里人对他的评价也在慢慢改变。

好景不长，老鳖出事了。孩子上初中要交学费，家里却没钱供孩子上学。那时候他不在将军寺村附近偷东西，毕竟太丢人，孩子大了，不能在家门口丢人现眼，自己不要脸孩子还要脸。他犹豫好长时间，心里窘得慌，可没办法，日子毕竟要过啊！他背着女人到县城偷东西，太巧了，这一偷不要紧，竟然偷到了公安局局长家。不过，老鳖不仅没进监狱，局长反而帮他在局里找了份工作，这成了一个谜。将军寺村的人后来问老鳖，他也只是笑，不说话。大家问得急了，他就说："不就那点事吗？早过去了，过去了。"

至于那天晚上发生了什么事，鬼才知道呢。

局长最初安排老鳖在后勤干点杂活儿，每个月给他发点工资，可老鳖这家伙特别会喷大气，一说就说得天花乱坠，别人还都信服他，一年后大家都称他为主任。局长毕竟是局长，独具慧眼，他发现老鳖爱虚荣、易膨胀，但头脑活泛，可以帮他跑腿，时不时为他干点私活，慢慢地，老鳖成了他的得力干将。后来，老鳖就不在后勤待了，学会了开车，到处跑着揽生意。揽什么生意？慢慢地大家才弄明白，局长希望有人找他办事，可他总不能自己出马，需要一个牵线人，老鳖就成了最佳人选。老鳖牵好线，剩下的事情就不用他管，一来二去，还真揽了不少生意。这事是大家传的，不知道真假，但他穿的那件警服像真的一样。

人的命，天注定！这之后，在我们将军寺村，只要一提到老鳖，那是没得说的。"厉害！就是厉害！看看人家这命！"将军寺村找老鳖办事的人慢慢多了，他们跷着大拇指说："有能耐，比大队支书厉害多了！"爸爸每当听到这句话，都摇摇头悄悄走开，也不争辩，村里人才不理会爸爸，认为爸爸是在嫉妒老鳖有门路。

可这该死的虚荣心使老鳖倒了大霉。一次，公路戒严不让通行，老鳖正好经过，他不知哪根筋搭错了，想显示一下威风。他穿着那身不得体的衣服，斜扣着扣子，跳下车，满脸横肉，也许是平时耀武扬威惯了，什么也不说，"啪啪"就打了一个警察两个耳光。那警察哪见过这架势，以为他是什么大官，吓得不敢说话。可是有个新上岗的警察不信邪，他看车子不像是警车，坚持查老鳖，这一查不要紧，发现老鳖那警车竟然是假的。老鳖就这样进了监狱，他媳妇跟着一个剃头匠跑了，再也没有回来。至于老鳖到底是不是警察，那就不好说了，反正他是进去了。这个能帮人把事儿摆平的人，自己的事儿却摆不平了。那个公安局局长也因为老鳖这事被牵连，据说被"双规"了。

"这就是命！"后来快嘴李婶见人就说，"猴子就是穿上再漂亮的衣服，它到底还是猴子呀！变不了的，这就是命，得服，不服不中。"

一晃十五年过去了。当年他儿子才十二三岁，现在竟然成了研究生。要不是老鳖自己说，谁知道这档子事呢？大家夸老鳖儿子真争气，不仅上大学，还是研究生。

其实，刚开始将军寺村很多人不相信。快嘴李婶说："老鳖入狱后孩子没人管，连个亲戚都没有，谁给他钱供他上学呢？"这不是真的，我知道他有亲戚，后来因为老鳖名声太差，两家断绝了关系。接着村里又有人说："是老支书看中了孩子的才华，偷偷资助他上了学。"也有人说："哪有这么好的事，是孩子自己勤工俭学挣的。"村里以前考上大学的就很少，如今老鳖的儿子竟然考上了研究生，人们眼里流露出惊奇和羡慕。

其实，刚开始将军寺村的人听说老鳖请戏班子唱戏，就有人质疑：老鳖从哪儿弄来这么多钱，他什么时候出狱的，干的是啥生意呢？张三爷年龄大了，走路还要靠拐杖，他问老鳖，没想到老鳖早有准备，说："大爷，你身体可好啊？在家要注意身体！在外面我做的也是小本生意，饿不死就行了。"老鳖明显是不想说，你越想知道，他越不告诉你，给你处处卖弄关子，就是不说怎么挣钱、如何发财。后来就没人问了，问啥啊！

老鳖走后，背后议论却没少。快嘴李婶消息灵通，她说："我去湾柳村走娘家，听说老鳖在监狱里受管，开始走正道，他明白伸手等吃混喝不是日子，不长久，得改。出来后好像先是拾破烂，后来是送快递，掏力气的活儿不少干。也难怪，人得改变，总不能破烂棉袄一个。你只要想改变，总有法子。你看，瘸子穿大衫——抖起来了，这就是命，得服，不服不中。"身后有一群人听了，就跟着哈哈笑。

老鳖的老宅子在将军寺村南边，现在只剩下几堵破墙，院子里空空旷旷的，也算平整。老鳖逢人就口口声声说家好家好，可好在哪里呢？他家什么东西都没了。他家里平坦，没什么乱树枝子，正好适合搭建舞台。可是厢式货车太宽，路显得窄了些，怎么过去倒成了问题。老鳖在村子里转了几圈，发现哪个胡同都一样，太窄，当然也能勉强通过，不过这要走家门口的水泥地。老鳖指挥着车子往里走，车头刚扭进胡同口，张三爷的儿子从家里跑出来，摆摆手示意老鳖停下来。张三爷的儿子刮个光头，明漆漆亮堂堂的，跟黑老大一样。二十年前，老鳖点过张三爷家的麦秸垛，害得他家一个冬天没有柴火烧，到现在张三爷还跟他记仇。按说以前老鳖帮过光头，他出狱就是老鳖帮忙摆平的，不过后来张三爷逢人就说老鳖太贪心，乡里乡亲还要那么多钱，五千块可是砸锅卖铁的钱，为了凑钱差点家破人亡，现在还欠着一屁股债。这些都是以前的事，谁又能说得清呢？真难说。

"刚打好的地，还没有稳住根，水泥里有几个铁钉，别把轮胎扎破了。"光头显然是听见外面有车声跑出来的，手里还握着一把扑克牌。

老鳖递过去一根中华烟，说："要唱戏了，过不去咋办？"他要拉下关系，看着这水泥地，其实路面早干了。

光头接住了烟，但语气未变："我跟你说，钉会把轮胎扎坏的。"

"唉！"老鳖叹了一口气，哪有钉呀？这话他没有说出口来，"那我看看下一个胡同能不能过。"他的黑皮鞋上落了一层土。

准确地说，光头开了一个坏头儿，老鳖再去问别人时，大家都找类似的理由：不是说路太窄，就是说路下面埋着下水管道，怕车压坏了。大家好像商量好一样，铁了心不让车通过。老鳖的嘴角少了笑容，眉头慢慢拧成疙瘩，嘴巴一说话就哆哆嗦嗦起来，难受。

戏班子老板走南闯北，是世面人，但他想不明白，这有路还不让人走？他开玩笑说："总不能背着音箱、戏服过去吧。"其他人接过话说："唱戏可以，但不能把路压坏了！"戏班子老板对老鳖说："这样吧，车不进去了，不在你家搭台子，咱找个空地儿，能搭戏台就行。"一听这话，老鳖想半天，终于想到一个宽阔的地方，那是二十年前村里放电影的地方，地势平坦，也没有什么深沟子，路面平，离村子也近，还有几个麦秸垛，正好方便年轻人爬上去看戏。

戏班子老板同意了，司机手头高，但仍费了不少劲儿，最终车转了几圈才进去，正要卸戏服搬音箱忙活起来，老王不知从哪里冒出来了。老王皮笑肉不笑地说："老鳖回来了？你这是发大财了！"

老鳖又堆上满脸笑容，像猪圈旁边开了一朵鲜花，他掏出烟来递过去："哪里，哪里，我准备唱大戏哩！你看，要搭戏台了。"

"唱戏多好啊。"老王接过烟，打断老鳖的话，"你可不能在我家宅子上唱。"

"这不是公家的地方吗？"

"你这话我就不爱听了！老鳖，说话得凭良心啊！这地方是我从河里拉土一车车垫起来的，花了我一千多块哩！我记得很清楚，你当时没出一分钱，也没出一点力呀。"

"你看，我家要唱戏了，儿子考上了……"

"这不合适吧，我要盖新房子，明年还要娶儿媳妇哩！"老王看老鳖犹豫，"你别冲了我家喜气，是不是？"

"唉！"老鳖有点急了，笑脸有点僵硬。"你看看，这车子开不进去呀。要不然怎么也不在这里唱。"老鳖又接着说，"以前放电影不都是在这里吗？谁也没不让啊。"他略带怨气。

"那是以前，这个宅子现在是我家的了。我找人看过风水，风水先生说，上面不能压东西，否则有灾！"老王接着说，仍是笑，"你说，要有灾，咋办哩？"老王的意思很明显，你唱戏跟我有什么关系，别压住宅子，别影响风水就行。

老王把话都说到这个份儿上了，老鳖听了，有点怒气，又不知道向何处发。他也没办法，不让在空地上唱，只好就近另选地方。他像个呆头鹅来回撞，一圈又一圈，最终靠着苇坑选了个唱戏的地方。苇坑曾经是扔死猪死狗的地方，大家都忌讳在那里办喜事，那里也总弥漫着一股股恶臭味。

这耽误了不少时间，唱戏的人多，大家七手八脚忙活起来，平土,拉电线,系条幅,搭戏台,搬音箱,挪设备,搭临时休息的地方,在天黑之前戏台总算搭好了。除夕了,将军寺村热闹起来,鞭炮声,电视声,说笑声,一阵接着一阵,大家都沉浸在幸福中。那些唱戏的冻得直发抖,点燃了一堆火,沉默地围在那里坐着,火花忽闪忽闪地照着他们的脸。

初一那天,将军寺村的男女老少都出来拜年,之后男人们聚在一起打麻将,女人们抱着孩子看男人们打麻将。孩子哭了,女人转身就敞开怀喂奶,孩子咬住奶头止住了哭声。大家相互问好聊天,话题仍然是老鳖——老鳖自从回到将军寺村后,一直是中心话题。

有人说:"戏台搭好了,怎么还不见唱?"大家往远处望去,几个五六岁的孩子在戏台旁边跑着玩,几个年纪大的人在晒太阳,想往戏台这边走,又不好意思来。疯四爷就坐在苇坑边,一动也不动,他好像要听戏,又好像在思考什么,反正他一句话也不说,死死地盯住戏台。有几个演员换好了戏服,在戏台旁边走来走去。现在就缺电了,只要一通电,就能唱戏了。戏班子没带发电机——这是老鳖不让他们带的,来村时他许诺说村里可以接电。

有个老年人说:"你用电得提前跟电工说啊,还要装个电表,要不然的话,就算你偷电。偷电的话,大过年的,就不好看了。"以前村里人用电,把两根线往电线杆上一搭,哪怕用上三天三夜也没人管。可是现在正规了,需要安装电表,你用多少电一清二楚。这大过年的,上哪里买电表去?老鳖没了主意。又有人过来,给老鳖找了个电话号码,说是邻村电工的,可以打电话问问情况,通融通融说不定可以。

老鳖找来电话,电话拨通,却一直没人接。他挂断又拨一次,对着电话"喂喂"了半天,那头传过来一个声音:"怎么回事?"

老鳖耐着性子说:"电工呀?我想唱戏,戏台都搭好了,就缺通电了。"

"你,谁啊?啥事呀?听不清楚,这谁放的炮,太吵了。"然后电话就挂断了。老鳖再拨电话,电话一直通着,就是没人接。

大家说:"这大过年的也能理解,谁家没个事呢?你还是去电工家一趟吧!"老鳖听了,觉得也有道理,赶紧借一辆电动自行车,骑到邻村。

一路上,老鳖看到大家都在忙活着,欢声笑语的,过年的精神头都足足的,家家都很喜庆。老鳖问了好几个人,好不容易才找到电工家,电工正在屋里打麻将,里面烟雾缭绕,大家有说有笑,一声高过一声。老鳖没忘记带烟,他往桌子上扔了一盒中华烟,简单说明情况,最后来一句:"唱戏不通电不行啊!"

"哦,这样啊!知道了,知道了!你先回去,这好办,我一会儿就过去。"电工坐在一张三条腿的板凳上,缺腿的地方用几块半截砖垫着。他连头都没抬,依然死盯住麻将,准确地说,眼睛像被拴在了上面。其他几个麻友催电工:"赶紧出牌,你还来不来?不来的话,现在就换人。"

烟散了一圈,老鳖说:"那我回去了,我等你啊!大家等着听戏哩!"老鳖脸上依然堆满了笑容,自己想吸烟时,发现烟盒已经空了。老鳖在苇坑边等了一个小时,等得都泄气了,连电工的人影儿也没等见。

没有电,唱戏的人急坏了!这大过年的,总不能在这里耗时间吧。爸爸看到老鳖的难处,也来出主意:"要不然这样,接邻居张大娘家的电吧,我说过了,离得也近,你一会儿再去趟她家,好好说说。"老鳖笑了,心想总算解决了。离苇坑最近的就是张大娘家,距离有一百多米的样子,唱戏老板也说了,电线足够长,够用。

老鳖前去敲门,敲了半天朱红色的大门,张大娘才把门打开,看到是他,冷冷地说了一句:"你,有事吗?"多年前,两家因为淌水的问题闹过别扭,不过这是多年前的事了,张大娘应该忘记了吧。

老鳖说明来意,专挑好听的话说,张大娘快言快语:"本来接个线也没啥,能费多少电哩?再说老支书也说了,我本来同意呢。"

老鳖心里想着,张大娘真是个通情达理的人,他"唉"了一声,说:"我这也是没办法的办法。去找电工了,他太忙,来不了。也不能让你吃亏,电用多少,我给你多少钱……"他掏出五百块钱，这肯定够用的。

"别动不动就钱钱的，谁缺那几个钱？咱老邻居谁跟谁？"张大娘的话说得有鼻子有眼儿，很好听，这才是老家人，亲。老鳖听着，脸上也渐渐露出了笑容。"可你看，家里新盖的楼房，家用电线太细，当时没换成粗的。"张大娘开始打太极。

老鳖心里凉半截，他想说什么，还没等张口，张大娘又接着说："儿媳妇刚生完孩子，现在正坐月子，还要一直开空调，万一电线烧坏了怎么办？我一个老婆子也不会修啊！这个你得理解。"

老鳖手里拉着电线，说："线……烧坏？不会的，这功率也不大！"他开始结巴。

院子里传过来婴儿的哭声，声音越来越大。张大娘埋怨着："你看，你声音小点，小孙女又闹了，我得照顾着她，媳妇身体不好。"她身子一转慌忙走了，大铁门"咣当"一声关住了。老鳖手里握着电线呆愣在门口，眼睛瞪得大大的，张着的嘴又闭上，然后一句话也没说，说了也没用！

不唱了，这出戏真不好唱！这两天的事让他明白了不少新道理，心里不舒服，堵得慌。在家干点事咋就这么难？家怎么变得越来越远呢？离家这么多年了，他一直想回来，回到这生养他的地方，这是根，这里有他的一切。在外打拼时，天天想回家，家好；如今家就在眼前，可怎么就回不去了呢？老鳖感觉有什么东西立在他与家之间，虽然他看不见，那东西却真实存在着。

老鳖回望西边被染红的天空，那里像有一摊血。有人看见老鳖临走前在自家的院子里站了好久，像犯了什么错一样哭着。有人听见他自言自语："等唱过了戏，我还要摆上几桌，给家乡修条路呢！这是我的家，这是我的村呀！"他擦干眼泪，抓了抓乱糟糟的头发，径直出门了。

唱戏的人把东西收拾好准备离开。夜幕慢慢降临，一切都隐在黑夜中。厢式货车像一个醉汉摇摇晃晃地走着，老鳖跟在后面，沉重地踏过将军寺村厚重的土地，就像十五年前消失一样，现在他又消失在黑暗中。将军寺村的灯一个个亮起来，像一根根毒针，照着黑夜，非常刺眼。

几个男人仍然在打麻将，搓得麻将呼啦呼啦响。过年了，村里人开始张罗走亲戚的事儿，准备好大馍和礼品，明天就是大年初二，女人们初二要回娘家的。不过，老鳖走后，男人们仿佛又重新找回面子了，女人在男人的怀抱中变得温顺起来。

这两天疯四爷没少忙活，撅着屁股跑来跑去，他想听戏，想热闹热闹。初一那天夜里，将军寺村苇坑边传过来一阵尖叫声，大家细听才知道是疯四爷。疯四爷手里举着一支中华烟，裤子挂在腚沟边也不往上提，他围着苇坑一圈一圈地奔跑，嘴里大声地喊着："疯子，一群疯子，都是疯子……"那声音像野兽嚎叫，半夜里从苇坑边传来，怪吓人的。

泥泥狗

一

二叔打电话时说话很急：有事，你快回来！我问：有啥事？咋了？还没等我问完，电话已经挂了。二叔真够直接的，一句多余的话都不说。

说实话，这些年我与二叔没多少共同语言，他先是不跟父亲联系，从没打电话问过一个好。父亲也一样，不理二叔，两人怎么看都不像亲兄弟，倒像是没任何关系的陌生人。如今父亲过世二十年了，这种僵硬的关系并没因父亲过世而有所缓和。多年前，二叔给我打过一个同样的电话，他不打给父亲，打给我是让我转告父亲。想起那次回老家将军寺村的原因，也不知道从何说起，多少年都过去了，至今我仍然不能理解，反正我告诉父亲后,他让我马上开车赶紧带他回去。爷爷在世时,父亲在城里是待不了多长时间的,他经常担心爷爷,一有时间就让我送他回家,我工作忙,没时间的话,他就自己开着三轮摩托车回去。父亲惦记爷爷,爷爷晚年腿摔断了,先是拄着拐杖能走几步,后来又摔了一次,就只能坐轮椅了。父亲兄弟三个轮着看护,一轮一个月。父亲想自己照护爷爷,但农村可没有这个规矩,又不是你一个人的爹,你把爹占着,其他子女咋办,谁都知道不养老人丢人,在村里抬不起头,大家都是要面子的。

那次到家时天快黑了,二叔、三叔都在,三叔在北京做大生意,这次也回来了,说明他们兄弟之间有大事相商。他们上一次见面还是爷爷刚去世,三人吵架并大打出手,将军寺村的人都在看笑话。五年过去了,这还是三人在那之后的第一次见面。他们说话时不让我在,我出门,长辈有事,晚辈不方便参与,我也懒得听。几个弟弟妹妹都不在家,我一个人沿着将军寺河向前走,算是散散心,顺便参观下村子。这些年村里变化不小,建起了家具厂、鞋帽加工厂,还搞起了大棚种植,河里养着鱼,鸡场里养着蛋鸡和肉鸡,河里有旅游的小船,岸上有卖泥泥狗的。年龄大点的在农场里打点零工,在农家乐帮点小忙,基本上都能挣点小钱,日子过得挺富足。据说有人还和老外做起了生意,有机粮食都出口到欧洲了,他们自己不舍得吃,也不在国内卖,因为国外价格高。村子现在成了一个特色乡村，鱼餐馆一个接一个，一鱼八吃，也不知道怎么做的。车子停得到处都是，水泥路铺得宽，但垃圾也多，将军寺村变得土不土、洋不洋的。

我想找寻儿时的记忆，但是曾经的砖窑塌陷了，老榆树也被砍了，盖的烟叶楼只剩下半面墙，戏台也拆了，围成了猪圈，一切都已改变或正在改变，不敢认了。后来我接到二叔的电话，让我赶紧回家吃饭。我到二叔家时，家里又多了两个人，一个刮个光头，肥嘟嘟的大脸，嘴微突，眉间长了颗痣，他不说话，我细看才知道是二叔家的大儿子严实；另一个是他的弟弟严重，满脸阳光。我记得他们好像还有一个妹妹，但没来。我是长子长孙，是他们的大哥。二叔说，都是男人们的事，就不让女人掺和了，所以婶子和妹妹我都没见到。父亲坐在正位，这是我没想到的，以前二叔强势，处处与父亲争强，父亲不跟他一般见识。没办法，谁家都有本难念的经。

酒是三叔带回来的，名字忘记了，首都的，父亲带的酒没喝，当地的，档次也许低了些。三叔酒量最厉害，三叔和二叔像比赛似的，谁也不让谁，酒刚到嘴边就很快下肚了。父亲显然处于下风，只是象征性地喝点，从头至尾喝了不到三杯，年龄大了，敌不过他们。大家话也不多，好像把话都说完了，后来只是吃，这真的是变成了"吃饭"。倒是弟弟严重话多，像只汪汪叫的小狗，他问我在县城怎么样，说要投奔我，不想待在村里跟哥哥严实干了。

"我不怎么样，在文联上班，清闲，有时候写写小说。"

"那你是大作家？厉害！一个月能挣多少钱？拍成电视剧或电影了吗？听说吴京弄了个'滚蛋地球'，票房搞四十多个亿。"

我嘴一咧，笑了："是《流浪地球》吧，咱跟他不是一个级别。你别笑话你哥了，咱哪有那本事？"

二叔喝多了，后来他端出一个盘子，上面是手捏的面人、小狗。"你们看，怎么样？"他眉飞色舞，后来就开始哭，"爹的手艺传给我了，家里的泥泥狗没有发扬好，以后怎么办？"

严实吃了几筷子就说有事，走了，走时还说了一句"烦死了"。

"又来了。"弟弟严重捂住耳朵说。他向我讲起了二叔的光辉岁月。二叔一喝醉就发疯，说要进行民间保护，骂完这个领导骂那个领导，骂他们不投资不关注，说把他们贪污的钱拨下来民间艺术就得救了。"待爹醒了，我就描述他那狼狈样，但爹对他醉酒的事死不认账……"严重有点哭笑不得。

我和严重正聊得起劲，父亲他们三兄弟吵起来了。先是三叔走了，走的时候说"再也不回来了，没想到你是这样一个人"，接着是父亲走，嚷嚷着"你八抬大轿抬我，我也不回来"。二叔狠狠地骂他们俩："滚了就不要回来。"

在回家的路上，我多次试图问父亲是怎么回事。父亲说，大人的事，小孩子别管。我没有往下问，毕竟这是他们兄弟之间的事。在我印象里，父亲自那之后就真的没再回去，看来那次吵架真伤了他老人家的心。他一直认为自己是老大，要处处给弟弟们做榜样，带好这个家。这也是爷爷的期望，但他没带好。爷爷去世后，家里再也没有值得父亲牵挂的人和事了，他安心地留在了城里。当然，父亲也想老家，正月十三和三月十五——前者是爷爷的生日，后者是爷爷的祭日——他总会拿出爷爷的照片，把自己关进房间，坐在那里默默思考着什么。他想他的爹，想他的老家。父亲不回家，我也不回家，家里有啥事二叔也够存气，从不通知父亲。这一晃，二十年过去了。

二十年了，时间过得可真快。

二

越老活得越明白，也越思念家乡。年轻时，我向往大城市，觉得那里有梦想，后来发现家乡才是最值得怀念的。家乡的河水，家乡的老槐花，家乡的断头树，家乡的泥泞路，家乡人之间那种简单的关系，都在我回忆中流淌。这种回忆是幸福的，是充满色彩的。每每想起这些就觉得舒服，想家就是一种味儿，无法具体描述。来城里这么多年，"水"字我依然读成"飞"，"说"字我依然读成"佛"，我当然知道自己读错了，但就是改不过来。这就是乡音吧。

我慢慢明白我为何会想老家了，因为那里是水的源头、大树的根。河流得再远再长，有源头；树长得再高再茂盛，有根。我从老家走出来有四十多年了，太爷、爷爷、父亲，还有祖坟里静静躺着的先辈，他们都是我的根。小时候在清明节去上坟，父亲专门给我介绍过，这是哪个亲人，那是哪个亲人，虽然现在已记得不太清晰，但每每想到这些，感觉是踏实的、亲近的。

现在我虽然在县城安了家，好像把根扎到了县城，但老根还是在老家。记得有一次去办事，正好路过老家将军寺村，当时真想回老家看看，但家里没了爷爷，父亲也没了，只剩下一个空房子，感觉一下子没根了，心里空落落的，回家干什么呢？想着想着，车开过去了，再想回去时已经走远，也就作罢。家淡出我的视野将近二十年了。

父亲生病住院那几年，村里人听说了，有的特地大老远来县城看父亲，我很感动，这才是老家的人，才是根根相亲。父亲眼泪汪汪地望着家乡人，两人的手紧紧地握在一起，他嘴巴颤抖地喊着来客的小名，亲着哩。但二叔没来，连带个好都没有，好像二叔没有父亲这个大哥一样。三叔也是如此，也没个电话。他们兄弟间到底怎么了？好歹打断骨头连着筋哩。我问父亲，但父亲什么也不说，只是一个人抽闷烟，父亲自从病好后又开始抽烟了。后来二叔生病住院，我告诉父亲这个消息，父亲像是在听别人的事，不言语，还岔开话题，问我中午吃面条还是包饺子。

这些年工作忙,我没回过老家,一次都没有。我像是被将军寺村遗忘的一个人。倒是那个没有怎么见过面的严实给我打过一次电话,也不知道他是从哪里找到我的电话号码的。严实打电话时,迷迷糊糊地说着什么,后来我总算听清楚了,他嘟囔着:"哥,我是儿子,还是长子,泥泥狗得传给我,你得记住。"我一惊,问:"这是什么话?你怎么了?传什么泥泥狗?"

"你——别装糊涂!我是儿子,是长子,泥泥狗得传给我,你不能争!你争也没用。"

我问他是不是喝多了,劝他赶紧休息。对方却没了声音,我一看,电话早挂断了。

我十来岁时,孙子辈谁作践自己就要挨爷爷的打,爷爷教育我们不骂别人,也不能让别人骂,人活着要争口气,得要脸。爷爷一边教我捏泥泥狗,一边讲做人的道理。爷爷的手很巧,比叔叔的要巧,当然比父亲的也要巧。爷爷教我们捏,我也认真学,但总差点火候。爷爷拿出胶泥捏,捏好后就放到那里,我也一本正经地照着做,却总不成形。

"你得这样,"爷爷说,"多用力,你生气时不能捏,你生气了,坯子里就有邪气,坯子捏不好,后面的工序再好也白搭。泥泥狗带着邪气,成不了灵狗。"

爷爷捏的不仅有狗,还有猴、鸟、羊和斑鸠等,当然也可以组合,像草帽虎、九头鸟、马上封猴、驮子斑鸠等,均富有神话色彩。捏泥泥狗最难的就是涂色。爷爷先用黑色作底,再把黄、白、绿、大红、桃红五色调配好,把染得通体发黑的泥泥狗晒干,再找来削成斜面的高粱秆点花。他小心翼翼地在泥泥狗身上画图案,画出圆弧、曲线,点出白点。这些线条厚重沉稳,有三角纹、折纹、叶纹、菱纹。一上色彩,泥泥狗就绚丽多了,造型也奇特,非常好看。

"孩子,这东西有灵气,狗狗们都听着呢。你如何用泥,如何上料,抹的什么,用的什么,这都有讲究,不能随便,就跟做人一样。"

"爷爷,你捏得真好。"

"其实,我捏的也不是最好的,最好的在身后,这套才最珍贵。"

我看不懂那套泥泥狗身上花花绿绿的符号,像小孩子画的画,就说:"爷爷捏得好,你教给我。"

"我给你讲个故事吧。"爷爷笑着说。

爷爷就讲泥泥狗的历史。袁世凯的门客刘清灵专门做泥泥狗,袁世凯在慈禧太后大寿时送了一套泥泥狗,说这是给祖爷守灵的,也就是陵狗。慈禧一看这些泥质小狗,线条又粗又密,一个个跟真的一样,高兴坏了,说死后要带进坟墓。传说后来她还真把这套泥泥狗带进了坟墓,但我从没有见过书上有相关记载。

"刘清灵做泥泥狗时,为保险起见,烧制了两套,一套雌的送进慈禧太后的坟墓,另一套雄的就在这里,你看,"爷爷用手指给我,"这是咱家的宝贝。"我顺着爷爷的手向后看,百十个泥泥狗,密密麻麻地排成一排,大的比磨盘还要大,小的只有手指头那么大。这些泥泥狗,有的像斑鸠展翅欲飞,有的像猴子在欢欣跳跃,有的像小猪在哼哼叫,有的像老虎怒目狂吼……

爷爷脸上有汗珠滴下来,滴在泥泥狗身上,一个新的泥泥狗做好了,下一阶段就是烧制。我把泥泥狗拿在手里开始吹,这泥泥狗一吹就响,"呜——呜——"就像远古的神话伴着将军寺河的水漂过来,漂进骨子里,漂进血液里。

"这是艺术,什么是艺术,你知道不?"爷爷不像是在问我,"说出来你也不懂。孩子,你要记住,得好好守护泥泥狗,这手艺你得好好学,啥丢了这都不能丢,要传下去,可不能忘了。"

二叔打电话应该有急事,我没有半点犹豫就开着车回家了,他能有什么事呢?我刚出发,手机又响了,是个陌生号码,没接。没过一会儿,手机又嗡嗡地响了起来。我打了右转向灯,在路边停下来,接了电话。

三

一个月前,严实专门来城里找我。多年前,我曾见过严实一面，他不怎么跟我说话，这次他来明显不一样。他开车接我，说回老家有点事，显得很神秘。

"大作家哥哥，我带你看一样东西。"他装作跟我很熟的样子，"哥，我的作家哥哥，我听严重说了，你现在厉害，是这个。"他跷起了大拇指。严实有浓重的乡音，每说完一句话，最后一个字音要升一下。

"别乱说话了，你好好开车。"我摆摆手，"哪有，混口饭吃，对了，你带我回家有啥事？"

"没事，就是带哥哥你随便看看，咱们不是兄弟吗？"他眉间那颗痣规矩地躺在那里。本来我想问前几年他自称儿子的事，但最终没有张开嘴，何必揭人家的短呢？

车开得飞快，本来离家也不算太远，我们到家时才半晌午。将军寺村来往的车辆比较多，大多是来这里批发泥泥狗的。泥泥狗现在成了非物质文化遗产，成车成车向外输送，有的还销到了国外。他把我带到将军寺河边的一座三层小楼旁。

"我先去看看二叔吧。"

"不在家，别去了。"

"那你给我带个好。"

"好。"我是客气话，他也是客气话。

这座小楼不算很高，由于是在河边，所以环境不错，岸边还种了不少紫蝴蝶。一楼是办公室，有十几个人在忙活，他们称严实为严总。电话一个接一个地响，接线员在打电话、记录。我们来到二楼,这是一个大展厅,有许多展品,展厅中间是一张大桌子,上面放着一套梨花木茶具。严实烧开水,给水杯消毒,放上茶叶,给我倒上水。桌子上放着一叠名片,我拿出来一看,来头可都不小:将军寺村民间艺术顾问、华夏非物质文化遗产协会艺术总监、泥泥狗二十二代传承人、非物质文化遗产推广中心艺术协会主席……以我在文联多年的经验来判断,这些大名头都是假的,哪有这些单位呀?但这些名头在社会上很管用,毕竟谁也没有时间去鉴别真假。

严实一边喝茶一边说:"这些年我做养鸡生意,但咱们的老本行却没忘,泥泥狗,你看,四周都是。"我抬头看,这里摆满了泥泥狗。

"现在我把蛋和泥泥狗结合起来,鸡蛋狗,画在鸡蛋上;大的是鹅蛋,更大的有鸵鸟蛋。你得动脑筋。"

我回头看,泥泥狗圆溜溜的样子真好看,还有光泽,上面画的是彩色图案,他把泥泥狗真正做成了民间艺术品。

他继续向我介绍:"这是爷爷捏的,这是太爷捏的,下面写的都有时间。"我大概算了一下,这展厅里收藏的大大小小的泥泥狗有上千个,只是有的上面落满了尘土,色彩也不那么光鲜了。另外,屋子里虽然喷洒过不少香水,但鸡屎味依然很浓。严实的养鸡场有十几万只鸡,就建在河边不远处,方便把鸡粪直接排到河里。在他的带领下,村里建了好几家养鸡场。

"真别说,你的创意不错,真不愧是民间艺术总监。"

我赞扬道，发自内心的，没有一点恭维的意思。

"不瞒你说，那些名头都是假的。不是给你吹，除了真正养好鸡，我还能守好咱家的艺术，不，是咱将军寺村的民间艺术、咱中国的非物质文化遗产，我有能力守护好，你要相信。我不为别的，不为钱不讲利，为的是咱们老孙家，为的是爷爷的心愿，他老人家让我们守护好这些泥泥狗。你交给我，全放心好了，什么也不用你管，你只需要等着数钱就行。我还准备建泥泥狗博物馆，比这个大三倍，装修更上档次，盛上一万多种泥泥狗，投资五百万。收门票，搞大型活动，我算过了，用不了几年就可回本。"

严实眼光不错，跟市场结合得不错，我内心赞叹道，确实有两把刷子。

我说："弘扬传统文化不如做些义务工作，别收什么钱。还可以与学校联系，让泥泥狗艺术进校园，多组织一些活动，让孩子们多了解自己的民间文化，普及下文化知识。"

"义务的咱不做，不赚钱，操那闲心干啥？"他脸上的肥肉一横，眉间的那颗痣动了动。他终于露出了本性，刚才那套说辞都是假的。

"这里为何一个展品也没有？"我指着最高处的位置问严实，他在最核心的地方留了白。

严实神秘一笑："有一天会填满的，我在等——你知道，我是儿子，也是长子。"

我瘾症了一下，笑了："你这么说就不对了。"

"我是儿子，是长子，谁也改变不了，你少装蒜。你要记住这句话。"

气氛有些尴尬，很显然严实对这句话很敏感。我没有说话，两人一阵沉默。

严重进来了。他一进来就说："哥，你拍电影也给我安排一个角色呗。"我说自己是闹着玩的，没想到他还记得我拍过电影。他身边跟着一个女人，像个大明星，在屋子里还戴着墨镜，不舍得摘。

"这是你妹严梨花，现在读历史学研究生，还经营一家美容店，现在农村人不比城里人对美的追求少，她生意不赖。"然后严实又指了指我向她介绍，"这是咱哥，大爷家的孩子。"

严梨花，我想起来了，多年前我见过她，那时候她还是个刚会走的小屁孩。现在这个女人不简单，一看就是个人精，反正比我要精明多了。

"你厉害，是研究生，还当老板，得向你学习。"严梨花不直接看我，用孤傲的眼神打量我，她身上的衣服土不土、洋不洋的，看着不舒服，看得人眼里像进了粒沙子。

"他才是儿子，是长子。"严梨花半天挤出了这样一句话。

我没有往下接话，不知道如何接。

"净说胡话。"我笑出了声。

严重和严梨花却不笑，僵硬地望着我，我只好尴尬地笑，没有跟她再往下谈，我们没有什么好说的。

我没让严实送我回城，装作去拜访这里的一个朋友，先走了。我走时，严实说："你要记住了，这些泥泥狗的传承，我是儿子，是长子。"不知道他让我记住的是泥泥狗的传承还是儿子。出了那座三层小楼，我终于忍不住大喊："我知道你是儿子，彻底的儿子！"

我一个人失落地登上了回城的客车。

我发誓，我不再回老家了，总感觉怪怪的。之后，老家离我越来越远，我的心里空间不算小，但再也放不下故乡将军寺村了。

四

二叔的电话我还是重视的，我没有遵守当初的誓言，决定要回去，毕竟那是老家，是根，心里还是有牵挂的，咋可能说割断就割断呢？

我减慢车速，在确保安全的情况下接了电话，电话是一个女人打过来的。

"你要记住，你不是长子，严实才是。"原来是严梨花，那个戴墨镜的大明星。

我连忙说："好好好，他是长子。"我与他们争这个干吗？我没必要作践自己。

到家的时候已是下午了，天有点阴，但没下雨，空气有点潮湿。风一吹过来，带着一股股凉气，因为靠近将军寺河，空气中也透着腥味。村里到处是忙碌的景象：小货车在送菜，有人在往电三轮上装鸡蛋，拉鸡粪的农用三轮车托着黑尾巴，一堆鸡粪洒在路中间，车轮子从上面碾过，轮子印交叠在一起。道路两边开了许多个泥泥狗商店，有人进进出出，一个巨大的牌子竖立在道路一侧，上面写着几个大字"传承传统文明，让泥泥狗汪汪叫"。还有一群人在拍照留念，像是来旅游的。

我本想多转一会儿，二叔又打电话来："到了吗？"

"到了，就到了。"

"赶紧来，你快点。"

二叔住在老房子里，房间布置得很简单，没有空调。他怎么不去严实那里住呢？我有点疑惑。他今年已经七十七岁了，头发全白了，脸上没有任何表情，只有眼皮子偶尔动一下。

"二叔。"

"嗯。"

"这么急，找我有事吗？"

二叔不理我了，他提个竹篮子出来，里面装着纸钱、鞭炮、苹果和馒头等。我跟着他走，越过将军寺河，又走了好长一段路。二叔也不说话，他在前我在后，就像小时候我跟在父亲身后一样。走着走着我明白了，二叔原来是带我去祖坟。小时候我跟父亲经常去祖坟烧纸，对这条路还有点印象。二叔如今年龄大了,腰弯了,走一阵要停一会儿,他不住地咳嗽,咳得身体摇晃着,像风中的叶子一样。

一到坟地,二叔就开始点纸,一股烟盘旋着上升。我点燃鞭炮,鞭炮噼里啪啦地响了起来。二叔跪下,认真地磕了三个头,他全身颤抖着,怎么也站不起来,我赶紧把他搀起来。

"当着祖宗的面,我要说清楚。"他转过头,"你知道泥泥狗的来历吧?"

"知道点,爷爷在我小时候讲过,好像是刘清灵教的。"

"对,就是刘清灵,他把制作泥泥狗的技术教给了你高祖,也就是你太爷的父亲。你高祖和刘清灵一起给袁世凯当差。刘清灵家世代做泥泥狗,从明朝时就开始了。他给了你高祖一套十二生肖泥泥狗,明朝时的,你有学问,算算传下来多少年了?"

"明朝存于1368年至1644年,大概算一下,至今将近四百年了。"

"这是古董,历经几百年不易。当年,刘清灵给慈禧也做了一套,是在这套泥泥狗的基础上做的,但全部是雌的。刘清灵反清,支持革命。慈禧太后过大寿时,袁世凯把那套雌的泥泥狗献上了,慈禧太后很是喜欢。袁世凯说,这是给人守灵的灵狗,可消灾祈福。慈禧太后死后就让泥泥狗陪葬,要一百零八个。刘清灵又做了九十六个,同样做成了雌雄两套,雌的给慈禧太后,雄的留下,因为她是个女人。后来刘清灵出事了,听说是慈禧太后死时下了道密旨,要杀掉刘清灵全家,说刘清灵嘲笑慈禧是女人。刘清灵早有预感,把那套十二生肖泥泥狗和捏制的九十六个雄的泥泥狗,共一百零八个,送给了你高祖。当然,还有泥泥狗的捏制技术,刘清灵早记在一本书上了,他把这本书也给你高祖了。你高祖知道这是刘清灵的身家性命,冒着被杀的危险,把它们藏在提前打制好的棺材里,才未被发现。"

泥泥狗竟然有这么多曲折的故事,真比我写的小说还要精彩。看样子有时间了,我要好好整理这个故事,写一部小说。

纸快燃尽了,一股股烟升起来,我赶紧放上新的纸,纸堆又燃烧起来。

"你高祖死前立了一个规矩,泥泥狗捏制技术谁都可以学,女人也能学,但这些东西要传给长子。那套泥泥狗共一百零八个,还有那本手写的泥泥狗捏制技术的书必须给长子。你太爷爷是长子,你爷爷也是长子,你太爷爷传给你爷爷。"二叔长叹一口气。

我终于了解了家里捏制泥泥狗的历史,想起了爷爷曾经引以为傲的那套泥泥狗,明白了村里人为何都喜欢做泥泥狗,原来它有一百多年的历史,不,四百多年的历史。我想问二叔东西怎么到他手里了,他又不是老大,但没问。

"我是个大混蛋,当初与你父亲争这些东西。后来老三也学我,与我争,但没有争过我。我得到了这些东西,却失去了亲情,闹得家族不团结,我心里有愧。我违背祖训,我有罪。"

在祖先们面前，二叔哭了，哭得像个孩子。他老泪纵横，泪水滴在坟头前的黄土上。

"二十年过去了，你爹死了，我没法给他亲自说了，不过我们很快就见面了。如果不把这些东西交给你，我愧对于他，也愧对列祖列宗。严实这家伙不干正事，他开个泥泥狗公司，也开个养鸡场，他只会赚钱，不懂艺术。听说他还打算把传家宝印成书卖，把一百零八个泥泥狗投入生产线生产，让弟弟和妹妹也参与。我不同意。他说他是儿子，是长子，这些东西要传给他。我才不管这些，这本该是给你爹的东西，你是长子长孙，我现在交给你。"他从竹篮子下面拿出一本书，我一翻，书上是密密麻麻的繁体字，竖排着。二叔恭恭敬敬地给每个坟头都烧了纸钱，后来他也不说话，就茫然地站着，站了好久。

三天后，二叔去世了。

五

火在我身后燃烧起来，越烧越旺，整个世界仿佛都在燃烧。我冲进去，想救下那本记载着泥泥狗捏制技术的书，可怎么找都找不到它。那一百零八个泥泥狗被摔碎了，在火中化为黑乎乎的一团，像一群受伤的野狗，痛苦地呻吟、哀叫。有一个泥泥狗在挣扎时，张开血盆大嘴，突然朝我扑过来……

我醒了，发现是一个梦。

严实经常来找我，死缠烂打，说我不能保管那些东西，他是二叔的儿子，也是他们家的长子，有法定继承权。我拿出遗嘱，他仍不死心，说他有泥泥狗制作公司，有生产车间和工厂，另外的展厅还空着，他可以弘扬民间文化，让泥泥狗走向世界，让人们重新认识非遗。不仅如此，严重和严梨花有事没事也给我打电话，现在不说"严实是儿子"了，而是骂我"你不是个儿子"。我都被逼得快有精神病了，有时候还真想把那些东西交给他。

严实后来还跟我谈了一次，愿意出一百万元买那一百零八个泥泥狗和那本书，或者直接给干股。我没答应他，最后给他发了一条信息。之后，严实不来骚扰我了，严重和严梨花也不再打电话给我，我终于清静了。短信上说得很清楚：我捐献给国家。

真的，我都捐献给国家了，毫无保留。那传下来的一百零八个泥泥狗和那本书，电视上对此有专门报道。我想，对于那套泥泥狗和那本书，博物馆才是最适合它们的地方。

后来，听说严实家里失火了，展厅里收藏的上万个泥泥狗全毁了。我心里难受了好长一段时间。

半夜来

一

说心里话，小鱼本来不想让妈妈来医院，这下可好，现在跟谁讲理去，妈妈只在医院待了一天，就晕倒在医院里，埋怨谁也没用了。

小鱼从医院出来就感觉浑身不自在，这已经是妈妈今年第三次晕倒了。爸爸生病了，妈妈非要到医院陪爸爸，刚开始老大还同意让妈妈来陪着，毕竟爸爸和妈妈谁也离不开谁，可她这一来就出事了，妈妈八十岁，年龄毕竟大了。妈妈有眩晕病，血压还高，身体本来就不太好。兄弟几人商量，老大说："都八十多岁的人了，先让她回家去吧，在医院里咋能一下子照护过来两个人？"老三也说："就是，万一再有一个病了，不定谁要照护谁呢。"老二不发表意见,只是低头瞅地板,像被什么东西吸引了一样,他从来都是这样,一遇到大事就不吭声。

小鱼是闺女,排行老小,她静静地听着,也不怎么插话。出嫁后,小鱼渐渐有了这样一种感觉,好像妈妈平时是几个哥哥的,不,是几个嫂子的,但当妈妈需要人干活儿、照顾了,却专属于她了,如果拒绝,几个嫂子就会数落她。所以,做闺女得有眼色,一有什么活儿,小鱼和几个嫂子都争着抢着做。嫂子们说要来医院,小鱼还是跑在前面,谁让她是闺女呢?其实,对于这件事,她的心里话没讲出来,她要是提出反对意见,几个嫂子会咋想呢。在医院,她尽力服侍爸爸,跑前跑后,关键时刻做决定的还得是哥哥们,一个闺女家就不再掺和了。

关于妈妈留不留在医院的问题,三个儿子一个闺女还专门开了一次家庭会议,大概意思是怕妈妈承受不了打击,不让她陪在爸爸身边,但这好像有点太残忍。最后大家商量的方案是:撒个谎,告诉妈妈爸爸的病快好了,马上就要出院,让妈妈到县城的老三家住,可以说老三家的孩子上学,家里需要人看。

几个人都觉得这个主意不错,他们让小鱼去劝妈妈。小鱼本不想劝,老大媳妇就对小鱼说:"你是闺女,你劝比较合适。"小鱼听听,好像有道理,就劝妈妈:"妈妈,爸爸的病早没事了,你不知道吗?一周就能出院,你先回去。"妈妈开始还不相信,后来慢慢信了,她对小鱼说:"好了就行,那我就放心了。"老三媳妇说:"这段时间单位事儿多,你给我看几天孩子吧。"听了老三媳妇这话,妈妈也不好拒绝。

老三把妈妈接到县城。这样一来,在将军寺村的老家就没人了,妈妈在老三家住着也不安心,一天打电话问几遍,说不担心爸爸是假,她老问老头子啥时候回家。小鱼只是说:"快了快了,就这几天的事儿。"小鱼挂了电话,心里觉得有点对不起妈妈。

老三媳妇说话了:"咱爸动不动就打咱妈,现在爸不在她身边,她还非要找。"尤其是老二媳妇,嘴里一个劲儿地说:"不见老头子,这不清静几天嘛。"爸爸和妈妈这一辈子过得不容易,爸爸脾气很暴躁,妈妈不爱说话,受爸爸的气不说,还动不动就被爸爸打,但妈妈从没想过离开这个家,也没有抱怨过爸爸。妈妈知道爸爸养家不容易,他在煤矿里干了一辈子,天天也不见日头,所以妈妈啥事都顺着他,心疼他。小鱼听着几个嫂子的谈话,心里一直后悔,早就该给爸爸好好看看病,检查检查身体,谁能想到他得的竟是肺癌呢?要是早点发现也不至于如此。

老大用眼扫了一下,几个女人不说话了,他低头看躺在病床上的爸爸。爸爸一动不动。

这段时间心里最急的是小鱼,爸爸已经住院快半个月了,还不见一点好转,花钱多不说,在医院这样熬着,身体也吃不消。他们倒不怕花钱,挣钱不就是为了花吗?怕的是这样不是长久之计。小鱼明显累了，满脸憔悴，身体像快散架一样。小鱼看着爸爸的身体一天比一天虚弱，心里更难受，总担心他会出什么事。本来说几家轮着看护，但老三平时工作太忙，且他家有钱，爸爸的医药费多是他出的，小鱼家里不富裕，她就少掏点钱，多出点力。

快吃午饭时，老大先让小鱼去吃，小鱼不去，老大坚持让她去。小鱼出去时，迎面吹来一阵风，她不禁打起了哆嗦，不自觉地向丈夫老李靠了靠。老李一直在抽烟，他就爱抽烟，花钱不少，天天钱没挣到，花得大手大脚的，心疼人，这时候更给小鱼添堵。在外吃饭时，小鱼一直感觉浑身发冷。热腾腾的面条端上来，小鱼端着碗暖手，还是冷，不自觉地叫了声丈夫："他爸爸。"

老李说："咋了？"

"我冷，净出虚汗，浑身不自在。"小鱼往嘴里扒了几口面条。自从爸爸生病，小鱼就没有离开过，老李是女婿，不经常去可以理解，但小鱼是闺女，不在这儿陪着会被说嘴的。在爸爸住院的这几天，老李每隔几天就来看一回，说说家里的情况。

电话响了，老李看了一眼号码，是老大，嘴里就嘟囔："这是一刻也离不了你啊，啥也少不了你这个当闺女的。"小鱼白了他一眼："就你能，不说话能死呀？！"她接了电话，还没有说话就哭了，伤心欲绝。原来老大来电话说的是："爸爸不在了，赶紧回来。"小鱼对这个消息是早有准备的，但真正面对时还是难受，胸口像塞了什么东西，泪不争气地往下流。她也不吃饭了，哭的声音很大。周围吃饭的人扭过头看，不看小鱼，而是看老李，都用愤怒的目光盯着他。老李扶着小鱼往回走，小鱼的手冰凉。路上她哭得一把鼻涕一把泪，老李却像没事人一样，还一个劲儿地劝："没事，没事。"他嘴笨，也想不出别的话劝她。

前几天，医生就对他们几个说老爷子没有几天了，通知他们提前准备后事。兄妹几人商量，该治治，挂针、吃药一样不能少，花点钱怕啥，有爸爸在一天，他们就心安一天。没想到爸爸还是没了，享年八十三岁。爸爸没了，家里的天塌了，尤其是老大，突然感觉自己更老了，以前爸爸活着，他再大也是孩子，现在没了爸爸，他觉得自己离死亡更近了一步。

丧事是背着妈妈偷偷办的，这是他们兄妹几个商量的结果。尽管这对妈妈有点残忍，但妈妈是八十多岁的人了，让她知道不是啥好事，不如就这样一直瞒着。但是，这么大的事儿能瞒得了妈妈多久呢？

二

妈妈是不能回将军寺村的老家住了，家里没人不说，还怕邻居说漏嘴。兄妹几个一商量，先让妈妈住在县城的老三家，毕竟在县城啥都方便。大家没有告诉妈妈爸爸去世的消息，想着能瞒一天是一天。做孩子的也没办法，都是为了妈妈好，怕她知道了这事受刺激。

小鱼心里有点可怜妈妈，爸爸和妈妈平时最疼她，她竟然和几个哥哥一起"骗"妈妈，连爸爸准确离开的日子也不敢告诉她。妈妈拄着拐棍一个人走来走去，八十岁的人了，腰越来越弯，脸上的褶皱越来越多，小鱼看着，心一软，差点儿告诉她爸爸去世的事儿。

爸爸过了五七后，一大家子慢慢地恢复了正常生活，老大去省城打工，老二和媳妇到浙江剥橘子，该工作的工作，都不再提爸爸去世的事儿。半年过去了，大家再谈论起爸爸去世这事儿，一个个就像没事人一样，好像是在说别人家的事儿，也没有人再哭上一阵子。

那天小鱼在给妈妈打电话时，无意中提到爸爸不在了。说完之后，她马上意识到自己说漏嘴了，但已经晚了，妈妈肯定听见了，但她没说一句话，妈妈的镇定让小鱼感觉心里更愧疚，不是味儿，觉得自己更对不起她老人家。其实，要是妈妈真骂上她几句，她心里也许会好受点，打上几巴掌也算正常，但妈妈没有这样。妈妈没说啥，只是慢慢地哭了起来，像个孩子，很无助。后来，她停止哭泣，该干啥干啥。

妈妈应该是有预感的，几个月没见老头子了，能不怀疑吗？她也不傻，一个大活人这么长时间不见，那肯定是出事了。

清明节老大回来了,这是爸爸去世后的第一个清明节,老大非要去添坟,不添坟将军寺村的人要说你。妈妈见到老大,特意问他爸爸在哪里,老大愣了一下,不紧不慢地说:"去县城了。"这时老二也接了一句:"去旅游了。"这一听就是两不照,她的脸往下一耷拉,眼窝子里涌出来一行热泪,扭头走了——妈妈现在就是生气也不说话,只生闷气。她知道自己年纪大了,不中用了。

妈妈在县城住三个月了,非吵着要回老家,说不能老住在县城的老三家。老三说,该住住,想住多长时间就住多长时间。妈妈平时最喜欢住老三家,如今这样吵着回去,很明显是想在每家住上三个月。"轮流住"是将军寺村的规矩,现在她在老三家住够时间了,就想着换到老大家。老三媳妇其实也不怕妈妈住,她天天上班,忙得很,妈妈是一个闲不住的人,有时候还能帮忙做个饭。但她晚上经常听到妈妈自言自语,这话她给小鱼说过,小鱼坚决不相信,想着是妈妈和嫂子闹矛盾了,婆媳关系紧张。不让妈妈走,妈妈越来越伤心,身体也越来越差,老三本来是想让她享几天福,如今没办法,只能把她送去老大家。

老大专门给妈妈腾出来一间房,老大媳妇没有出去打工,在家里照顾着妈妈。一回到老家,妈妈的心情慢慢地调整过来了,脸上也有了笑容。有时候去赶集,还会买件新衣服穿,后来还买了蜂蜜和香烟。老大媳妇感到很奇怪,妈妈不爱吃甜的,更不吸烟，但她也没有说啥，媳妇不能管婆婆的事儿。

有几天，每到半夜，老大媳妇总会听见妈妈房间的门"吱呀吱呀"地响，起初她没在意，接下来的每一天，一到晚上，妈妈房间的门都会这样响。更有一次，老大媳妇半夜起来解手，隐约听到屋子里有人说话。家里没有其他人，妈妈与谁说话呢？老大媳妇有点担心，半夜里谁会到家里来呢？老大媳妇凑到窗户边，侧着耳朵细听，屋子里又没声了。第二天，老大媳妇问妈妈睡得怎么样，妈妈说了句"还可以"，就没再吭声了。老大媳妇怕妈妈多想，也就没深问。

到了下半月的某一天，又是半夜，妈妈屋子里的门又响了，后来院子里的大门开了，声音不大，但老大媳妇听得很清楚。她有点担心，喊了几声："妈妈，妈妈！"没有人吭声。老大媳妇赶紧起床，以为妈妈出啥事了，可推开妈妈房间的门一看，屋里没人。

老大媳妇有点害怕，这可怎么办？妈妈不见了。她赶紧出去找，顺着路往外走，也不敢走太快，打开手机上的手电筒，找了好长时间也没有找到。她敲开妈妈爱串门的邻居家的门，邻居们都说没见。后半夜，回到家里，她听见妈妈屋子里很热闹。这到底是怎么回事？老大媳妇怔了一下，细听，里面像是有两个人在对话，一个人是妈妈，另一个人好像也是妈妈。老大媳妇敲了敲门，半天妈妈才打开。

老大媳妇有点埋怨妈妈："妈妈，刚才你去哪儿了？"

妈妈身子一转，背对着她，小声地说："去厕所了。"

"我怎么没见到你？妈妈，你得注意，不能老让人担心。"

妈妈沉默了一会儿，说："我要睡觉了。"

老大媳妇还想说啥，妈妈已经钻进被窝，还用被子蒙住了头。

院子里静悄悄的，黑夜把整个世界包裹得严严实实。夜空下，树影在随着树叶子晃动。

三

自从爸爸去世后，小鱼变得比以前更关心妈妈的身体情况，经常打电话给妈妈。妈妈说："好着哩，你不用担心我。"小鱼哪能不担心？

她还经常给老大媳妇打电话，老大媳妇扯南扯北，就把这段时间妈妈的情况说给小鱼听："妈妈经常半夜里出去，也不知道去了哪里。"

小鱼就笑："这大晚上的，她能去哪儿哩？她怎么知道路呢？"

"谁知道呢？好胳膊好腿儿的，她能走，管也管不住，这可怎么好？怪吓人的。"

小鱼想看看妈妈，她对老大媳妇说："家里的老母狗顺了几个狗崽子，你要不要？"

"咋不要？要，得用来看家。"

"我给你送去。"

她又问妈妈的身体情况，老大媳妇说："吃还行，就是爱运动，昨夜我找妈妈找到半夜。你劝劝她，得注意身体。"

"我明天去看看妈妈。"

小鱼特意到老大家住了几天，带了妈妈最爱吃的水煎包，妈妈爱干净的习惯没改变，换上假牙，连续吃了一个半水煎包，她还想吃，却嚼不动了。小鱼问妈妈："身体还好吗？"妈妈说："好，好着哩。"小鱼抬头看妈妈，妈妈神情自然，乐呵呵的。小鱼想跟妈妈说说知心话，可一吃完晚饭，妈妈就说困，自己一个人回房间了，房间的门很快就关上了。

小鱼和老大媳妇睡在一张床上，两人说着话，到半夜了也不睡觉。老大媳妇说："你听听，一会儿就知道咋回事了。"两人都在听妈妈房间里的动静，妈妈的房间离得不远，中间只隔了一个客厅。果然没过多长时间，屋子里传来了声音，两人都确定那声音是妈妈的。

"是，我一会儿就去。"

"他爸爸，你怎么走这么远？"

"到了，一会儿就到了，他爸爸，带着呢，有烟。"

这话把小鱼听得头都大了，"他爸爸"？"他爸爸"就是小鱼爸爸，但爸爸怎么会回来呢？人死不能复生，这道理她还是懂得的，但这到底是怎么回事呢？老大媳妇讲起了近段时间发生的事情,小鱼越想越邪乎,感觉很不可思议,心里也越来越不安。

小鱼一夜没有睡着,准备第二天好好问问妈妈到底是怎么回事。天一亮,小鱼就带着妈妈去赶集,说是买点东西,其实就是找个机会问问妈妈。去赶集的路上,小鱼问妈妈这段时间睡得好不好,妈妈说:"好,好着哩。"

"那晚上呢?"

妈妈短暂沉默了一下,平静地说:"也好着哩。"她说完就把头转向一边,不吭声了。

在集上,妈妈不停地买东西,还买了一顶老头戴的黑帽子。

"买帽子干什么用呢?"小鱼问。

"给你爸爸买的。他做手术时头发都剃光了,光头,头冷,早就说买一个,一直老忘。"

小鱼愣住了,对妈妈说:"妈妈,你没事吧?"

妈妈抱着大包小包的东西,头低着,轻轻说了声:"没事。"

当天晚上,妈妈的房间里静得可怕,老大媳妇和小鱼却没有睡着,她们两个偷偷地听着,这次里面并没有什么动静。老大媳妇和小鱼一夜无语。

小鱼不能老住在老大家,她要回去了。她背着老大媳妇给了妈妈二百块钱,劝妈妈好好照顾身体,啥事也不要多想。

妈妈咧着嘴,笑着说:"身体好着呢!"

"晚上早点睡,别乱想。"

"我这么大年纪了,想啥也没用了。"

小鱼担忧地看着妈妈,妈妈却表现得像没事人一样,这让小鱼心里好受一点。临走时,她又对老大媳妇说:"嫂子,妈妈让你费心了。"老大媳妇说:"这有啥?应该的。"小鱼给老大媳妇放下二百块钱,说妈妈花钱的地方多,老大媳妇不要,她还是硬放在了老大媳妇手里。

那天晚上,老大媳妇给小鱼发微信,说妈妈没有再出去,就是房间里不时地会有声音,吵着家里缺鸡蛋,问帽子暖和不暖和。小鱼说:"是不是发癔症,自言自语胡说呢?嫂子,你别担心,没事。"小鱼也不知道怎么办。她问丈夫老李,老李说:"该吃吃该喝喝,啥事别往心里搁,没啥事。人不是树桩子,这说几句话有啥,比躺在医院病床上强多了。"

老大媳妇给老大打电话,说:"家里出事了。"

"啥事?"

"没啥事,咱妈的事,半夜老往外跑,怪吓人的。"

"不可能吧。"

"你赶紧回来看看。"

老大就那德行,干啥事都犹犹豫豫的,一直考虑要不要回来。老大嘴里半截肚子里半截,说:"厂里忙,提前请假要扣工资,到年底再回来行不行……"

老大媳妇听了就来气,打断他:"你自己看着办吧,那可是你娘!"

四

老大本不想回家,出来打工来回跑,挣那点钱还不够给车轱辘抹油的,但他还是提前回来了。

老大担心妈妈,也担心媳妇。从外地回来后,老大就赶到妈妈身边,他还没有说话,妈妈却转身走了,连看都没看他一眼。妈妈闷闷不乐的,一个人钻进屋子里,也不知道在里面干啥。老大去喊妈妈,妈妈也不吭气,问久了才心不在焉地说一些不着调的话。

老大问妈妈:"住家里有啥不得劲儿吗?"

妈妈湿着眼睛说:"心里不好受。"

说到这里,她的泪就停不住了,簌簌地往下流。老大心里想发火,以为媳妇没好好对待妈妈。

晚上睡觉前,老大问媳妇到底是咋回事。白天当着妈妈的面她没说话,现在她对老大说:"妈妈一到半夜就出去,即使不出去,也会在屋里自言自语。"

"咋会这样呢?不会听错吧?"

"半夜你听听不就知道了?"

老大太困了,那天夜里,睡觉睡得死。偏不巧,天又下大雨,有些声音被掩盖住了。老大媳妇没有睡着,警醒着呢,她得向丈夫证明自己的清白。半夜,妈妈房间的门又响了,老大媳妇透过窗户往院子里望,妈妈的背影慢慢消失。

老大媳妇喊熟睡中的老大:"快起来,妈妈又出去了!"老大迷迷糊糊的,眼皮子睁不开,想继续睡,不想搭理媳妇。老大媳妇又重复一声:"妈妈不见了!"说着直接把老大的被子掀了,老大激灵一下才彻底清醒过来。

外面大雨如注,一道闪电划破夜空,雷声隆隆而至。妈妈屋子里的门关着。老大把门推开,把灯打开,里面没人!老大吓坏了,这么大的雨,妈妈去哪里了呢?"妈,妈。"老大又大叫几声,他的声音很快就被雨声压下去了。

"你赶紧出去看看,我看见她出门了。"老大媳妇说。

老大在身上套了件衣服就往外跑,大雨没有丝毫停歇的意思,天上时不时有雷声乍起,仿佛在头上方敲着锣。树随风动,一个个摇动着身体,挺吓人的。老大走了好远也没有找到妈妈,妈妈去哪儿了呢?

媳妇跟上来,提醒他:"往咱爸爸的坟地里去看看,以前老见她往那边走。"老大和媳妇就向爸爸的坟地走去,出了村子,向前走了二里多地,终于看到那片坟地了,老大的身上早湿透了,鞋子也不知啥时候少了一只,肯定陷在哪个有土有泥的地方了。爸爸坟头上的乱草已经冒出了头,有几只秃尾巴的鹌鹑从坟后面钻出来,怪吓人的。可这里没有妈妈的身影。老大喊了几声,没人回应。

后来,老大又到老二家,老二家里面锁着门,妈妈不可能进去。

老大媳妇说:"是不是回老房子里了?"

"不太可能吧,那里面什么都没有,咋睡呀?"

老大虽然觉得不可能,但还是和媳妇往老房子走去,他们远远地就看到老房子里有灯光透出来,推开门,妈妈果然在屋子里,她手里拿着笤帚,正在打扫卫生。

在老房子里,老大看到了爸爸的遗物。爸爸去世后,他们把爸爸的遗物都扔到屋后的大坑里了,这啥时候又找回来了?桌子上还摆着一堆书,都是爸爸生前爱看的。那张黑白照片摆在桌子上,本来说要挂在墙上,现在还没有挂。

"妈妈,你大半夜跑这儿来干什么?"

"我给你爸爸叠衣服……"

老大听到这句话后,吓坏了,以为妈妈精神出了问题,不知道怎么办才好。过了好大一会儿,他才轻轻地对妈妈说:"爸爸现在不需要,妈,你赶紧跟我回家吧。"

妈妈极不情愿地跟着老大回了家,第二天就感冒了,高烧,人烧得迷迷糊糊的,嘴里还时不时地嘟囔着什么。

"他爸爸,我今天就不去了,大儿媳妇不高兴。"

老大媳妇一听,吓坏了,话咋这样说呢。老大不给媳妇好脸子看,好像这事都是她惹出来的。

"他爸爸,明天还有大雨,你咋办?冷不冷?"

"衣服我给你找好了,他爸爸,白色那件,改天我给你送过去。"

……………

老大越听越愧疚,原来妈妈心里一直想着爸爸——可爸爸都去世半年了。他心里一阵难过,眼睛也跟着潮湿起来。

五

也许是母女连心,小鱼这几天老觉得心慌,手有时还不住地哆嗦,说不上来啥原因。她下定决心去医院看了看,也没有查出啥毛病。

小鱼给老大媳妇打了个电话,她好像提前感知到妈妈不舒服一样。一接通电话,老大媳妇就说:"咱妈不得劲儿,生病了。"小鱼一听,赶紧放下电话往老大家赶,她心里面可是一直住着妈妈的。

到了老大家,小鱼看见妈妈眼睛闭着,病恹恹地躺在床上,脸色发白,花白的头发凌乱地散着。小鱼喊了两声妈,可妈妈依旧闭着眼。小鱼眼眶子一热,泪水差点儿没落下来。她趁着给娘掖被子的空儿,趁机抹了一把眼泪。

和以前一样,小鱼和老大媳妇聊来聊去,话题都离不开妈妈。

"你跟妈妈半夜打电话吗?"

"嫂子,我怕影响妈妈休息,晚上才不打电话哩。"

"我猜着也不是你,但她老是半夜和人说话。"

在妈妈手机充电的空儿,他们开始查看妈妈的通话记录,可里面没有拨电话的记录,都是接电话的,而且上面显示的时间都是在白天。老大媳妇好像明白了什么:"难道妈妈是在给爸爸说话?或者是妈一个人在说话?"

老大在旁边,听到媳妇这么一说,略微思考了一下,表示认同。

小鱼忽然想起来以前看过的一档节目,说是某村有一个上年纪的人,天天去地里跟牛说话。家里人都外出打工了,没人陪她聊天。虽然孩子们给的钱不少,但老人心里总是感觉缺点啥。

小鱼把这档节目调出来,三个人看着节目,谁都不说话了。"人不能总想着往前奔,也得停下来看看周围的风景,想想爹和娘。常回家看看,多陪爹娘说说话,不能让'你陪我长大,我陪你变老'成为一句空话。"主持人最后总结。

过了好长时间,小鱼开口了:"大哥大嫂,我看这样挺好。我现在想明白了,要我说,妈妈的那份心要保留下来,她想半夜说说话,就让她说。只要她能高兴,比啥都好。"

老大不说话,老大媳妇也不说话,看样子他们都同意了。

小鱼希望妈妈醒来后,还会在半夜里给爸爸"说说话"。有个幸福的事儿做多好,哪怕自言自语也是快乐的。

窗外,院子里的楝树叶子随风摆动,阳光透过树叶缝隙照下来,暖暖的。